北京汉阅传播
Beijing Han-read Culture

日本推理名作選 すいり

KOZAKAI FUBOKU

小酒井不木

恋爱曲线

曹捷平 译

吉林出版集团有限责任公司

图书在版编目(CIP)数据

恋爱曲线 / (日) 小酒井不木著；曹捷平译. — 长
春：吉林出版集团有限责任公司, 2010.11
（日本推理名作选）
ISBN 978-7-5463-4011-1

Ⅰ. ①恋… Ⅱ. ①小… ②曹… Ⅲ. ①推理小说—作
品集—日本—现代 Ⅳ. ①I313.45

中国版本图书馆CIP数据核字(2010)第210632号

恋爱曲线

作　者	[日]小酒井不木	
译　者	曹捷平	
出品人	周殿富	
创　意	吉林出版集团·北京汉阅传播	
策划编辑	渠　诚	
责任编辑	李瑞玲	
封面设计	未　氓	
开　本	650mm×960mm　1/16	
印　张	18	
版　次	2010年11月第1版	
印　次	2016年6月第2次印刷	

出　版	吉林出版集团有限责任公司
发　行	北京吉版图书有限责任公司
地　址	北京市宣武区椿树园15－18号底商A222
	邮编：100052
电　话	总编办：010－63103398
	发行部：010－63104979
网　址	http://www.jlpg-bj.com/
印　刷	北京航天伟业印刷有限公司

ISBN　978-7-5463-4011-1　　　　定价　39.80元

目录

恋爱曲线

恋愛曲線

亲爱的A君：

　　为了恭祝你一生的盛典，我要衷心送上纪念品"恋爱曲
线"。这种礼物，不要说婚礼，就是在其他任何场合，包括
日本、中国、欧美各国的任何地方，恐怕都是开天辟地以来
任何人都未曾送过的。对此，我甚为得意。作为一名贫穷的
医生，我相信即便用尽我的所有积蓄，也未必能买到让你这
个百万富翁大公子满意的礼物。因此，我在深思熟虑后，终
于想到了这个"恋爱曲线"。如果是"恋爱曲线"的话，我
坚信一定会打动你的心的。我一边写信，一边为自己的这
个想法感到从未有过的兴奋。将要嫁给你的雪江小姐，我
并不陌生。为了祝愿你们永远幸福，在这儿我要送上"恋爱
曲线"，用它来表示我对你们的祝福。你可能会觉得非常滑
稽，像我这种迂腐不开窍的科技工作者，竟然也会使用"恋

爱"之类的词语。但是请你相信，我并不像你所想的那么
"冷血"，流淌在我心里的血也是热乎乎的。正因如此，我
对你的婚礼才不会置若罔闻，我绞尽脑汁，才想出了这个很
吉利的名字。

　　为了你明天的婚礼，今晚我才动笔写信。虽然这非常失
礼，可是你要知道这也是没办法的，因为"恋爱曲线"只能
在今晚制作，而且它必须要在明天早上送到你的手里。尽管
你可能会非常繁忙，但我坚信无论多忙，你肯定都会看完我
这封信的。虽然有些啰唆，我还是打算先详细说明何谓"恋
爱曲线"。简单地说，"恋爱曲线"就是将爱情的极致表现
为曲线。这种自古以来无人尝试的礼物，如果不讲清楚它的
由来，不仅会让你感到有点儿理解上的困难，我也会觉得有
些遗憾的。因此，虽然有些复杂，不过还是请您耐心地读完
这封信吧。

　　为了让你清楚地了解这个"恋爱曲线"的由来，我要先
说说对你这桩婚事的看法。

　　最后一次见你大概是在半年前了吧。在这半年时间里，
你我之间没有任何联系，但突然间我送你这么珍贵的礼物，
你应该早就察觉到这里面肯定有些深刻的缘由了吧。哎呀！
对聪明的你来说，或许早就猜到这缘由是什么了吧。

　　你应该十分清楚，被你称为身上只流着"冷血"的我，
是一个爱情失败者。可能你会认为，作为爱情失败者的我送
给爱情胜利者你的礼物，肯定是饱含悲伤之情的吧。不过从

你甩掉很多女孩子的经历来看，你应该还没有品尝过失恋的痛苦，你肯定不会同情我的。因为你对女人有一种神奇的吸引力，所以你很难体会像我这样的男人，仅仅会因为一个自己喜欢的女人被别人夺走，就陷入失恋的深渊不能自拔！不管你怎么想，我还是对你身上这种吸引女人的神奇力量羡慕不已。尤其对你所拥有的金钱，我羡慕得已经有些怨恨了。在你的金钱面前，首先是雪江小姐的父母低下了头，接着雪江小姐也被迫低头了……我的这些话，让人觉得好像我对你怀有恶狠狠的敌意一样。其实我是一个性格软弱之人，是不太可能对别人怀有敌意的。要是我真的对你怀有敌意的话，我就不会给你写这封信了。这么说可能对你很不礼貌，其实直到现在我对雪江小姐还是非常眷恋的。对即将成为雪江小姐丈夫的你，我又怎么会夹杂一丝敌意呢？我一边写这封信，一边在心里为你们二人的真正幸福而祈祷。

半年前，饱受失恋之痛的我逐渐与世隔绝，把自己关在研究室里，一门心思从事起生理学方面的研究来。此后，研究就像恋人一样成为我的全部。就像胸膜炎的伤口在下雨前会感觉疼痛一样，有时候我的心也会痛，不过我还是逐渐忘记了所有的往事。随着自己研究的进展，最近我终于迫使自己不去回忆那段悲伤的过去。在听到你俩结婚的消息之前，我感觉往事已渐渐从我的记忆中慢慢淡去。可就在前几天，我意外地收到一个人的来信，才知道你马上要结婚的消息，于是被强压在心底的悲伤回忆，又强烈地冒了出来，最终我决定送你这个礼物。

作为一名实业家，你可能不清楚科技工作者过着什么样的生活，心里想着什么，进行着什么研究吧？其实从表面来看，科技工作者的生活非常平淡，他们所从事的研究工作也极其无聊。不过真正的科技工作者经常会把全人类的安危置于心头，他们常常怀着对人类无比的爱而进行自己的研究活动。所以除了那些混淆是非的伪科技工作者，真正意义上的科技工作者身上流淌的血恐怕比常人的都要热烈。实际上，身上流淌的血没有常人热烈的话，他也就不可能成为真正意义上的科技工作者。

那么，饱尝失恋之痛的我选择的究竟是什么样的研究课题呢？我选择的是心脏生理学方面的研究。请你不要笑，我绝不是因为自己心碎了才选择这样的课题，我可没有这份儿风雅。不过就算是为了修补破碎的心灵，先潜心研究心脏的功能，这也是很富有戏剧效果的啊！其实我从学生时代开始就已经对心脏机能产生了浓厚的兴趣，所以才选择了这个自己非常喜欢的课题。可这个偶然选择的课题却意外地帮了我的大忙，让我在你一生中最值得庆祝的时刻，能给你送上"恋爱曲线"。

"恋爱曲线"！下面我终于要对"恋爱曲线"进行说明了。不过在此之前，我必须要先说明一下，我们一般是如何对心脏进行研究的。为了彻底搞清楚心脏的机能，把心脏从体内摘出来进行检查是最好的办法。其实只要在合适的条件下，心脏即使被从体内摘除出来，也会继续正常跳动的。低等动物、一般热血动物甚至人类，它们的心脏即便是离开它们的身体，也会独立地扩张、收缩的！如果心脏被切除，躯体就会死亡，可就是躯体死亡了，心脏还会继续跳动！这是多么不可思议的现象呀！试着想想看，要是现在把你的心脏切下来，让它跳跳看，不知会是什么样子；或者现在把雪江小姐的心脏切下来，让它跳跳看，也不知会是什么样子；或者把你和雪江小姐的心脏切下来放在一起跳动，又不知会是什么情形。你要知道，手脚齐全的人当中，虚情假意的人很多，可是心脏却不然，它只会坦坦荡荡、无所畏惧地跳动！我脑子里面浮现的满是即将成婚的你俩的心脏，在这种无聊的想象中，我给你写着这封信。

我不小心有些偏题了。动物和人类的心脏一样，在躯体死亡后，把心脏切下来放在合适的环境下，心脏会再次跳动起来。克莱尔布库从死后二十小时的人的尸体里摘出心脏，观察它的跳动，结果发现它的确继续跳动了一小时左右。这说明人死以后，心脏还会继续存活二十小时。从表面上看，心脏对生的执著是多么的强烈啊！我开始慢慢明白，古人之所以把桃心作为爱情的象征，看来绝不是偶然的。按照这种想法，或许可以说，心脏隐藏着人生所有的秘密！因此，为了探求人生的秘密，我把心脏作为研究对象，也是无可厚非的了。

要说"恋爱曲线"由来的话，就必须先说清楚心脏是如何被切除的，还有，是用什么方法使心脏跳动的。我知道你事务繁忙，我也很心急，因为写完这封信，我就必须开始制造"恋爱曲线"了。不过还是要请你坚持把这封信看完。我在这儿之所以反复这样说，是希望你能完全理解我的心意。我甚至希望我这封信的字字句句都能深深刻到你的心里。

我首先是从青蛙身上摘取心脏，并开始进行研究的。可科学是以人类为对象进行研究的学问，于是我想尽量选择和人类比较接近的动物进行研究。因此，我之后主要研究兔子的心脏。不过，兔子的心脏处理起来比青蛙要复杂得多，不仅要求有很熟练的技术，而且还要有助手的协助。不过慢慢地我一个人就能全部操作了。我先把兔子仰面固定在家兔固定器上，用乙醚加以麻醉。估计兔子已经完全麻醉后，用手术刀和夹子把胸口心脏部位尽可能大地切开，然后切开包裹心脏的皮囊，于是跳动不已的心脏就出现在眼前了。深藏于胸中的心脏，即便曝露在外界，依然能若无其事地跳动不已。你可知道，心脏完全是个表里不一的东西，正如有人所说的"人心总会变的"一样。看到心脏后，接着就该把它摘除下来了。不过要是直接摘除的话，因为出血会导致手术无法进行，所以必须先把大静脉、大动脉、肺静脉、肺动脉等大血管用细绳系住，再用手术刀把这些大血管切断。

切下来的心脏要立刻放进摄氏三十七度左右的洛克氏溶液盘中。板栗大小的兔子心脏，会很快变得无力直至停止跳动。因此，要迅速系住肺动脉和肺静脉的切口，给大动脉和大静脉的切口连接上玻璃管。接着把心脏取出来，放在事先准备好的一立方尺大小的盒子的适当位置，然后让摄氏三十七度温热的洛克氏溶液流经心脏，心脏又会开始跳动。这里所使用的洛克氏溶液是由1%的氯化钠、0.2%的氯化钙、0.2%的氯化钾和0.1%的碳酸氢钠组成的水溶液。它和血液中的盐类成分基本一致，它流入心脏和血液流经心脏一样，所以心脏就会持续跳动。可是，若是只有这种溶液流入的话，心脏不久就会衰竭的。因为即使生命力再强的心脏，如果不依赖外界能量，也不会持续跳动。通俗点儿说，这和人不吃饭就没力气的道理一样。所以，作为能量之源即心脏的食物，一般要给这种溶液里再加上少量的血清白脘或者葡萄糖，这样心脏就会长时间持续跳动的。当然，取代洛克氏溶液让血液流经心脏的话，效果最好，不过在平常的实验中使用洛克氏溶液就足够了。心脏自由跳动还离不开氧气，通常在洛克氏溶液中还要加上足够的氧气。盛放心脏的盒子，里面的气温也要保持在摄氏三十七度左右。这样洛克氏溶液就从盒子上面流入，流经心脏后再从盒子下面流出去。你绝对想象不到，当盒子里只有心脏跳动时，那情景竟然会让人感到非常的庄严肃穆。被切除下来的心脏是一个完整的生物体，这魔幻般的生物体，拥有像黄色小菊花瓣散落在鲜红的蔷薇上一样的肉体。它就像搁浅在海滩上的水母一样，有节奏地不停收缩和扩张着。看着这自由跳动的心脏，让人感觉它的存在完全是有意识的。这心脏有时就像长了小小的五官一样，对自己被从母体上切除下来而充满怨恨；有时又像为能够接触到尘世的空气而显得非常喜悦；有时又像在嘲笑为了研究心脏机能而仅把心脏切除下来的科技工作者的愚蠢举动。当然，这只是我的幻觉而已。现在不论在躯体内，还是被切除下来放在体外，心脏都会全力跳动。它严格遵循要么跳动，要么停止的原则。也就是说，心脏一旦要工作起来，就会尽全力工作的。换句话说，像心脏这么忠诚的劳动者是非常少见的。从这一点来看，用心脏来代表爱情是再恰当不过的了。因为心脏不会因为受到不同的刺激而产生不同的反应；它一旦跳动起来就会尽全力地跳动，一旦停止的话，就一点儿也不会跳动。心脏的这种性格堪比爱情的本质，它不会为金钱等外力而丝毫改变。真正相爱的恋人，即便有再大的困难横亘在眼前，他们心脏跳动的频率也应该是相通的，就像收音机的电波相通一样。不知你听说过没有，其实心脏每一次跳动都会产生电流，为了研究心脏产生的电流，有人提议使用电气心动计。这个电气心动计正是我制造"恋爱曲线"的基础。

在解释电气心动计的使用方法之前，我必须先解释一下我是如何来分析研究切除下来的心脏跳动的。

只用肉眼，是无法进行精确的比较研究的。要研究心脏的跳动，就必须准确记录心脏的跳动。记录心脏跳动变化情况的即是"曲线"。因此"恋爱曲线"这个词，就是记录恋爱过程中心脏跳动变化情况的意思。你可能听过地震仪记录地震发生的情况时就是用曲线表示的。把涂上黑墨的纸卷成圆筒状，让它规则地旋转；同时让运动着的物体上伸出的细杆接触它。随着物体的旋转，这个圆筒上就会出现特殊的白色曲线。用同样的方法也可以在黑墨纸上画出心脏运动的曲线。不过因为我对心脏运动时产生的电流非常感兴趣，所以我主要是使用前面提到的电气心动仪来进行研究。

几乎所有的肌肉在运动的时候，都会产生电流。也就是所谓的动物电流。心脏也是由肌肉构成的脏器，所以它跳动时当然也会产生电流。用曲线表示心脏跳动时产生电流的仪器就是电气心动仪。

发明这个仪器的人是荷兰人艾因特文。这个曲线的原理其实非常复杂，不像前面说的那么简单。把心脏跳动时产生的电流传导出来，让它通过比蜘蛛丝还细的白金镀金石英丝。此时设置在石英丝两端的电磁铁会让石英丝按照通过其电流的多少产生相应大小的摇摆。在弧光灯的照射下，石英丝摇摆的幅度就会明显变大。然后在很小的范围内用照相用的感光纸直接感受它的摇摆，再把感光纸成像，那么表示心脏电流变化的白色曲线就会出现了。这里用的感光纸，就像活动摄影胶卷一样能够卷起来，因此可以连续二十分钟，甚至三十分钟不停地记录心脏的跳动。我将要送给你的"恋爱曲线"就是用这种感光纸记录下来的曲线。

作为实验前的准备，我首先研究了将要用于心脏的各种药物的药效。我先把洛克氏溶液通过心脏时的常规变化曲线拍摄成像，然后再把混入药物的洛克氏溶液流经心脏时的变化曲线拍摄下来。对比这两种曲线，就会发现肉眼看不到的变化。由此就可以知道药物对心脏会产生什么样的作用。

从洋地黄、阿托品、蝇蕈碱等剧毒药物到肾上腺素、樟脑液、咖啡因等一般性药物，凡是对心脏有作用的有毒药物，我都一一记录成了曲线。不过，我所做的一切，并非什么创新性研究，因为已经有很多人在此之前都实验过了。这些只不过是我研究的对照性实验罢了。

那么我进行的到底是什么研究呢？简单地说，就是比较各种情绪变化和心脏机能之间关系的研究。也就是说，当出现通常所谓的喜怒哀乐等情绪时，心脏产生的电流状况是如何变化的。比如我们吃惊或生气时，就会感觉心跳发生变化。我只不过想对这些变化进行更为客观的研究罢了。很多学者都指出，动物在惊恐时，血液中的肾上腺素就会增加。那么我想惊恐时的血液流经心脏时的心脏变化曲线，和肾上腺素流经心脏时的心脏变化曲线应该是相同的。以此类推，当惊恐以外的其他情绪变化时，血液也会发生相应的变化。因此，诱发动物产生喜怒哀乐等情绪，并让这些时候的动物血液流经心脏，再用电气心动仪测出心脏跳动的变化曲线，就可以推断出动物产生各种情绪时，它们的血液中会出现何种性质的物质。

当然这种研究存在很多困难。理想的状态是，必须要诱使摘除了心脏的动物产生发怒、痛苦等情绪，并让这些时候的血液通过心脏。但这根本是不可能的事情。无奈之下，只能用产生各种情绪时的乙兔血液，来流经甲兔的心脏这一方法来进行研究。可更为困难的是让兔子产生愤怒、悲伤等情绪。兔子本来是一种面无表情的动物，从它的脸上根本就看不出喜怒哀乐等情绪变化。所以本来想让兔子愤怒的，它却一点儿也不会愤怒；或者原本要让它高兴的，它却一点儿也不高兴。这让我非常困惑。

　　于是，我停止了对兔子的实验，转而尝试对狗进行实验。也就是把甲狗的心脏摘除下来，然后用从愤怒或快乐的乙狗身上抽取的血液来流经甲狗的心脏。用这种方法可以测出心脏变化的曲线，可仍然不是最理想的。这是因为，好不容易让狗高兴起来了，可一采血它就又变得异常愤怒，结果只能测出接近愤怒时的变化曲线。而一旦给狗施以麻醉，最终只能测出狗无表情时的变化曲线。所以到头来只比较理想地测出了狗愤怒和恐慌时的变化曲线。基于以上原因，为了描绘出各种情绪出现时动物体内血液对心脏影响的理想曲线，只能直接对人体进行实验。如果以人为实验对象的话，人愤怒时的血液、悲伤时的血液、高兴时的血液相对就比较容易采集。不过人体实验，最难的是如何找到人的心脏这一器官。不要说活着的人的心脏了，就连死了的人的心脏也很难得到。无奈之下，我还是决定利用兔子的心脏。至于血液，因为没人愿意给我提供血液，所以我就用自己的血液进行实验。为了实验，我开始阅读各种各样的小说，让自己时而悲伤，时而愤怒，时而喜悦。每当这些时候，我就用注射器从自己手腕上的静脉血管里采五克血液进行实验。为了防止血液凝固，在采血的时候，和采集兔子、狗的血液时一样，还要先往注射器里注入一定量的溴酸钠。

对用以上方法得到的曲线进行研究的话，就可以明确说明动物体在喜怒哀乐时的心脏变化曲线之间的差异。动物体感到恐怖时的曲线，的确和肾上腺素流经心脏时的曲线类似；动物体感到快乐时的曲线，也的确和吗啡流经心脏时的曲线类似。不过这只是类似而已，在细微之处还是都有显著差别的。后来我经过练习，逐渐能很清楚地区分这些曲线了。打眼一看就知道哪个是恐怖时的曲线，哪个是愉快时的曲线，哪个是肾上腺素的曲线，哪个是吗啡的曲线。之后我又通过对狗的心脏、兔子的心脏，还有最后使用的羊的心脏反复实验，都得出了相同的结果。

不过你也知道，从事研究的人，不论谁在研究上都不会轻易知足的。按理说通过对兔子、狗和羊的实验，我得到了相同的结果，此时应该知足了，可我还是想进一步对人的心脏进行研究实验。正如前面提到的一样，人类的心脏，在死亡二十小时后还能搏动，所以即便是死人的心脏也是可以用来研究的。为了得到死人的心脏，我专门拜托了病理解剖教研室和临床医学教研室的医生。

不久，我很幸运地得到了一个女孩子的心脏。这个女孩子是个十九岁的结核病患者，她被喜欢的人抛弃，内心极度绝望，累及健康，住进内科病房不久便死掉了。听说死前她一直不停地说："我的心上一定有一条很大的裂缝，在我死后请一定仔细解剖我的心脏，希望对医学能有帮助。"幸好我的朋友得到了她的尸体，按照她的遗嘱，我就得到了她的心脏。

虽然我已经能够非常熟练地切除兔子、狗、羊之类的心脏，但当我手拿手术刀接触到她蜡一般冰冷惨白的尸体时，还是感觉到一股异样的战栗从指尖的神经传遍全身。不过当我依次切开尸体薄薄的脂肪层、血红的肌肉层和肋骨，划开胸腔、心囊，拿出心脏的时候，我还是恢复了以往的冷静。她的心脏当然没有缝隙，只是显得很瘦。

迄今为止，我只见过动物鲜活的心脏，看到她的心脏时，我一开始都没认出来。虽然死后只过了十五小时，可她的心脏却出奇的冰凉。我用手托着切除下来的心脏时，竟一时有点恍惚。等回过神来后，我赶紧把心脏放进温暖的洛克氏溶液中仔细清洗，然后把它放在盒子里连接好，让洛克氏溶液流入。刚开始时，心脏好像睡着了一样，一动也不动，过了一会儿开始一下一下地跳动，不久就开始剧烈搏动了。虽然这是预料中的事，可我还是不由觉得那个女孩子像是复活了，一种肃穆的感觉从心底油然而生。我竟一时忘了这是在做实验，出神地凝视着这奇妙的跳动！同时在心里琢磨起这个心脏主人的事情来。失恋！多么悲惨的命运呀！当时我深有同感。我不也是一个饱尝失恋之痛的人吗？在主人活着的时候，这颗心脏跳动得是多么剧烈，又是多么悲伤呀！以前的那些痛苦回忆，看起来好像已经被洛克氏溶液洗涤干净了，现在它正在无拘无束地不停收缩、扩张着。或许自失恋以来，这颗心脏连一天也没有平静地跳动过吧？跳吧！跳吧！洛克氏溶液多得是，跳吧！尽情地跳动吧！

　　不过一会儿，我突然发现，这颗心脏跳动得越来越弱了。毕竟，它已经跳动了一小时了。我把时间都花费在遐想上了，竟然忘记了自己要进行的情绪研究。作为一名科技工作者，我为自己这种丧失冷静的行为感到羞愧。好不容易得到的贵重实验素材就这样白白地浪费掉真是太可惜了！片刻之后我想到的就是赶紧进行失恋这种情绪的研究。给失恋者的心脏，注入同样处于失恋情绪中的我的血液，得到的曲线肯定是理想的失恋曲线！

　　我照例迅速从我的胳膊上采集血液，注入这颗心脏里，并且让电气心动仪开始工作。这颗跳动得越来越弱的心脏，一接触我的鲜血，一下子势头大增，猛地又连续跳动了三十多下。之后一下子势头减弱，最后完全停止了下来。也就是说心脏已经死亡了，已经永远地死亡了。可测出的曲线却被清楚地洗成了照片。分析研究后我发现，这个曲线的特点既不像悲哀、痛苦、愤怒、恐怖时的曲线，但同时又和这些情绪的曲线有些相似。

　　测出了失恋曲线后，我接着又想测出失恋的对立面，即恋爱的曲线。这恐怕又是科技工作者永不知足的欲望吧。对曾经恋爱过、可现在却只感到失恋之痛的我来说，该怎样测出恋爱曲线来呢？我感到束手无策、无能为力。可是我越想放弃，心里想完成它的想法就越来越强烈，之后甚至成为一种强迫我的想法。这么说对你可能很不礼貌，我和你不同，除了雪江小姐以外，没有爱过任何人。直到现在，我也没有对其他人产生过真正的感情。实际上，除了雪江小姐，我不会真正爱上其他人的。这样来看的话，我是无论如何也得不到恋爱曲线了。话虽这么说，可一旦形成的强迫性想法是不会轻易消失的。无奈之下，我只能不停地想，有没有方法可以让失恋转变成恋爱呢？我冥思苦想，最后都有些痴狂了。

可是前两天，我从某人那儿无意间得知，你马上就要和雪江小姐结婚了。于是就像火上浇油一样，失恋的悲伤一下子又在我的体内燃烧了起来。我一下掉进了失恋带来的痛苦深渊里。从那时起我就坚信，直接利用这种极度的失恋之痛，一定能描绘出恋爱曲线来！

你可能在数学课上学过负负得正这一原理吧？我就是想利用这个原理把失恋变成恋爱。我想用我那极度饱尝失恋之痛的血液，流经同样饱尝失恋之痛的女人的心脏，这样得出的曲线才是恋爱的极致曲线。你可能会问，你到哪里去找饱尝失恋之痛的女人呢？不用担心，我之所以能想出上面所说的原理，就是因为我已经找到了这个饱尝失恋之痛的女人。这个女人不是别人，就是写信告诉我你和雪江小姐要结婚的那个女人。

　　你可能已经猜到了，给我写信的女人，正因为你的婚礼
而在饱受失恋的煎熬。你爱过很多女人，应该多少了解女人
的心情。正如我只想着雪江小姐一样，这个女人也只真正喜
欢一个男人。因为你和雪江小姐的婚姻，她正在遭受失恋的
煎熬。因为你们的婚姻而遭受失恋之痛的我和她，如果联手
创造一个曲线的话，依照上面的原理，肯定会是一个真正的
恋爱曲线！因她极度绝望，只想一死了之。你可知道，这世
上还有比想死更强烈的愿望吗？看到这个女人的决心，我就
为自己对失恋的懦弱而倍感耻辱。因为这个女人让我备受鼓
舞。今天晚上我见到了这个女人，听了她的话后，我提出了
自己的想法。她欣然同意，并且请求我在她死后摘除她的心
脏，把用我的鲜血流过她的心脏后画出的曲线，作为纪念送
给你。于是我卜定决心，着手准备制造恋爱曲线。

　　你要知道，我现在正在研究室电气心动仪旁边的桌子上
写这封信。因为我所在的是生理学研究室，谁也不会想到我
会深夜在这里制造恋爱曲线的，所以我能完全按照自己的计
划行事，不会受任何人影响。阴森森的黑夜越来越深了。用
来做实验的小狗，在墙角狂吠了两三声后，就被冬夜寒冷肆
虐的北风刮得哗哗作响的窗玻璃声给淹没了。为我提供心脏
的女人，已经在我的脚下陷入了深眠。这是因为刚才听我讲
完制造恋爱曲线的顺序和计划后，她非常满意，勇敢地服下
了大量的吗啡。她不会再活过来了。她一吃完吗啡，我就开
始加热洛克氏溶液。准备好电气心动仪以后，我就开始写这

封信了。刚才吃完吗啡后，她还满意地看着我做实验前的准备，但当我着手写这封信的时候，她已经陷入深深的睡眠了。这是一种多么美丽的死法啊！现在她还有微弱的气息，但已微弱得气若游丝了。我的手不住地颤抖，写的信肯定颠三倒四、不得要领，可我已经没时间再去读它了，接下来我必须要去摘除这个女人的心脏了。

四十分钟后，我终于把她的心脏切除下来，并且把它放在装着洛克氏溶液的盒子里，连接好管子，让洛克氏溶液流经她的心脏。手术的时候，我遵从她生前的愿望一直让她的心脏保持跳动。为了能准确测出恋爱曲线，她希望自己的心脏在停止跳动前就被切除下来。我举着手术刀准备手术时，都担心她会半截子醒过来。不过直到心脏切除下来，她都一直平静地睡着。直到最后让人都觉得她一直是在平静地呼吸着。她安详的尸体在灯光照耀下，显得无比美丽！

她的心脏正在愉快地跳动着，像正在期待我的鲜血流经它一样。那么，接下来就该采我的血了。为了满足她完成恋爱曲线这一悲壮的愿望，我决定采用一种从未尝试过的血液流通法。以前我都是用针管从我的静脉上采血，这一次我决定在我的桡骨上插上玻璃管，直接让我的血流入她的心脏。为了感谢她给我提供心脏，我这么做也是应该的。并且要完成恋爱曲线也必须这么做。

二十分钟后，我终于把我的动脉血输入她的心脏里了。血液流的劲头很足，没有一点儿凝固。实验进行得很完美。

心脏跳动有力，看着跳动的心脏，我的左臂一点儿都感觉不到疼痛。血不停地从左臂的伤口渗了出来，我不时得放下笔用纱布擦拭（抱歉，信纸被血染了）。流入她心脏的血不会再流回我的身体了，我身上的血在不停地减少，可我的头脑却越来越清晰。不久，我停下笔，看着她的心脏，我不由得陷入对往事的回忆中去。

十分钟过去了。

因为缺血，我浑身都冒出了汗珠。好，该打开弧光灯了。我提前准备好的，不用起身就打开了开关。即便是一直开着灯对制造曲线也无大碍的。

电气心动仪开始转动了。因为缺血，除了心动仪转动的声音外，我的耳边还回荡着虚幻缥缈的声音。

现在，恋爱曲线正被制造着！奉献给你的恋爱曲线正被制造着！可我自己已无法把它冲洗出来了。可能的话，我想就这样把我全身的血流尽。血流完后，我就会倒下，弧光灯、照相设备以及室内灯光的开关都会关掉。不久，我们二人的尸体就会被黑夜包围了。

拿笔的手开始剧烈地抖动，眼前也越来越暗。我鼓足最后的勇气，给你写最后一句话。其实，在写这封信之前，我已经给教研室主任和同事写了信，所以现在这封信就是我的遗书了。这个恋爱曲线，明天早上会被我的同事冲洗，并送到你的手上，希望你永久保留它。

你可能早就知道给我提供心脏的女人是谁了吧？我现在

感到无比的喜悦。虽然自己无法亲眼看到这个曲线，可我坚信我制造的是真正的恋爱曲线。当我的血流尽的时候，她的心脏也将停止跳动。这不是爱情的极致是什么呢？

哎呀，我的血越来越少了，她的心脏也快停止跳动了。你可知道，不愿为了金钱和你结婚、最终回到她真正所爱的人——我，身边的雪江小姐的心脏马上就要停止跳动了……

人工心臓

一

　　我是在医科大学一年级的生理学总论课上听到"人工变形虫"、"人工心脏"的名字后开始想到要发明人工心脏的。

　　当时是生理学学者A博士对我们说到这些名词的。A博士曾经苦心研究，想制作人工心脏来代替人体本来的心脏，从此拯救人类各种疾病，以期达到延年益寿，进而起死回生的目的。为了这项研究，他的健康受到损害，一段时间一直重病缠身，但他不屈不挠，终于基本实现了这个愿望。可在夫人死后，不知何故，他却把这项重大研究义无反顾地像丢破鞋一样地丢掉了。每次我问他原因，他都抿嘴一笑，缄口不答。可有一次我拜访他时，在偶然谈到空中氮气固定法的哈伯博士近期将要来访时，他不知想起了什么，突然高兴地说："那么今天我就把你一直想要知道的人工心脏发明的始末告诉你吧！"在这里，我先说一下，我是S报学艺部的记者。

　　人工变形虫和人工心脏，都是用无机物模仿变形虫、心脏的运动，来证明生物运动并不是特殊的、深不可测的东西，而是可以用机械性予以说明的这一目的而想出来的。你可能没有在显微镜下观察过变形虫的运动，变形虫是单细胞生物，由半流动体的原形质和细胞核构成，通过原形质变成各种形状来摄取食物、改变位置。你仔细观察那匍匐前进的运动，就会看到它时而像篱笆上爬行的蚰蜒，时而又像天狗脸上的鼻子在慢慢伸展。

　　往平底玻璃盘里加入百分之二十的硝酸，再往里滴入水银球滴。在盘子的一侧加入重铬酸钾结晶，结晶慢慢融化后，会沿着盘底扩散。

　　当一接触盘子中央的水银球时，水银球就像生物体一样开始运动，让人觉得是一只银色的蜘蛛在伸缩长腿跑动一般。这就是人工变形虫，仔细观察就会发现，水银和变形虫的运动竟然完全一致。

　　接着是人工心脏。心脏当然是收缩和扩张这两种运动有节奏地交替跳动的。心脏的这种有节奏的运动模式，当然用水银也可以巧妙地模仿出来。那就是往钟表玻璃里加入百分之十的硫酸，再加入极少量的重铬酸钾，之后滴入水银球滴。然后拿来一根铁针，用它轻轻地接触水银表面，水银球立刻就像青蛙的心脏一样开始跳动，忽大忽小，就像收缩、扩张一样，有节奏地快速运动。

　　那么，水银球为什么会像生物一样运动呢？这是因为，所有的液体在和外物相接触的界面会出现一种力，通常这种力叫做"表面张力"。液体内部,所有的分子都被相同的力从上下左右前后吸引;可在液体表面的分子,内侧被液体分子吸引,外侧则被和它接触的物体分子吸引。就像给水面滴上油时,油之所以在水面扩散,就是因为水的表面张力比油要大。又比如,往水中滴入水银时,水银之所以呈球形,是因为水银的表面张力比水要大。所以假如现在和水银接触的水的那部分表面张力比水银的张力强,或者相反地减少水银的表面张力,因为表面张力弱的部分比表面张力强的部分收缩要小,所以水银就会变得弯曲。前面所说的人工变形虫,就是因为重铬酸钾和水银在硝酸溶液里相遇,在相遇初产生了铬酸水银这一物质后,水银表面的张力就被减弱了,所以水银的形状就发生了改变。铬酸水银这一物质极易溶于硝酸,当它溶解后,水银的表面张力就恢复如常,水银的形状也变回了原来的形状。从外部观察,水银就完成了它的一系列运动。接着重铬酸钾再次与水银相遇,上述运动形成就反复出现。从总体来看,水银就像变形虫一样不停地运动。

接着说说人工心脏是如何产生的。用铁针接触硫酸中的水银时,因酸性溶液的存在,产生了接触性电流,并在金属和液体之间传导。此时液体发生电流分解,产生分解物——带正电子的氢离子。氢离子附着在带负电子的水银表面时,水银的表面张力就会变强,水银发生收缩。一收缩就和原本接触的铁针相分离,水银就膨胀成原来的大小。膨胀后就会再次接触铁针产生电流,这样相同的运动就会有节奏地不停反复,从表面看起来就像心脏的运动一样。

二

听我这样说明，你肯定觉得很无聊吧！我之所以这么详细地说明人工变形虫和人工心脏，就是因为它们和我要发明的人工心脏的原理是相同的。当然，我要发明的人工心脏，和刚才所说的人工心脏是有本质区别的。你听我慢慢道来。

在生理学总论课上，就像上面说到的人工变形虫和人工心脏一样，我们反复强调，所有的生活现象，不管它多么复杂，都是可以用纯机械性的原理予以说明的。为了说明这些生理现象，即便是某些神奇的力量无法假定，但通过物理学、化学的原理也是可以充分说明的。当时我对此坚信不疑。现在仔细想一想，其实水银的运动就是再像变形虫，毕竟它也还是水银，不是变形虫。同样，水银也永远不会成为心脏的。年轻的时候我不愿对任何事妥协，就是一个所谓的极端机械论者。

所谓机械论，就是现在所说的把所有的生活现象都用纯机械理论解释的学说。与它对抗的则是生机论，它主张用物理学和化学根本无法解释的生活现象，必须要借助一种神奇的力量来加以解释说明。机械论和生机论很早以前就是学者们之间争论的焦点。有时机械论占上风，有时生机论占优势，一直争论到现在。如果要追溯它们的历史的话，在原始时代不用说，人们都认为生命是靠一种奇妙的力量产生的东西，那个时代的人们，能感受到事物的变化，但不会深入地考虑事物的这些变化。接触到生和死的这类现象时，他们当然就认为这些是受精灵支配的东西。可随着知识的发达，人们不断思考关于生命的现象。需要提前声明一下，由于日本科学思想的发展比较新，又加之很难知道古时候的思想状态，所以在这里我将举西方例子予以说明。较早深入考虑生命现象的是希腊人，距今大约两千七百年前，希腊的自然哲学家们，开始考虑宇宙及人类的产生。他们认为万物的本原可以归结为地、火、水、风四大元素。这四大元素的离合聚散就形成了万物。这就是所谓的机械论。

可是此后，同为希腊人的柏拉图、亚里士多德，对人体进行深入研究后，认为精神和肉体完全不同，精神为主，肉体附属于它，精神现象无法机械性地予以说明，生机论就重新复活了。这种生机论伴随基督教的出现，逐渐带上宗教色彩，支配人类长达数千年之久。

到了十六世纪，出现了文艺复兴。这一时期出现了现代科学的先驱，人体解剖生理学发展起来，机械论再次占了上风。那些医理学派、医化学派的极端学派主张用物理学和化学来解释一切生活现象。

然而，十八世纪末出现的大生理学家哈雷提倡生机说，指出该学说是生物特有的，非生物体不适用。正好那个时候，大哲学家卡斯特站出来力挺生机说，十九世纪前叶，生机说进入了全盛时期。

可是十九世纪后半叶，自然科学发展惊人，出现了达·芬奇——著名的进化论细胞学说，机械论又开始复活，直到今天。可前些年，故去的大生理学家——莱蒙他们的主张则倾向于生机论。

就这样，在各个时代生机论和机械论反复交替占上风。即便是同一个学者，有时主张机械论，但也可能因某些原因又支持生机论。像我，从学生时代起到完成人工心脏的发明都是一个极端的机械论者。可自从我看到人工心脏实际应用的情况以后，我就抛弃了机械论，与此同时我也放弃了对人工心脏的研究。

三

　　我在听了有关人工变形虫和人工心脏的课程后，成为了机械论者。大学二年级的时候，又对人工变形虫和人工心脏的原理进行了学习。在此过程中我突然想到，能否用人工心脏代替人和动物的本来心脏呢？听了生理总论课后，我知道心脏对人体来说，只是像一个水泵一样发挥其作用的。尽管它的作用很简单，可没有一个器官能比得上心脏。只要心脏跳动，即便是昏迷不醒，那个人也不会死掉。因此我想，在心脏停止跳动时，换上人工心脏，再从外部给予能量，让它发挥泵的作用，从而使血液流遍全身的话，死了的人也会被救活的。有时，甚至会保持永久生命。把流经全身的大静脉血液吸入水泵，再让它通过活塞作用流入大动脉。通过发挥这一极其简单的原理就能制造出人工心脏。只要使用电动发动机，就能进行活塞运动。只要地磁场存在，电力的供给就会源源不断，因此拥有人工心脏的人就可以永久地生存下去。我当时就是这样浮想联翩的。

特别让我向往人工心脏的原因是，关于心脏的学说太过于烦琐。不放过细枝末节是科学研究的基本要求。可是学生时代被迫接受各种学说让人觉得非常的麻烦。虽然说有时听听各种学派的争论相当有趣，可数量太多就会让人受不了。生理学可以说是各种学说的集合体，减少这些学说的数量不仅是为了生理学的学习，而且我觉得也可以让人生简单化。

你可能知道，关于心脏运动的起源有两种学说。一种是肌肉说，认为心脏是由形成心脏的肌肉兴奋而运动的。另一种学说则认为，心脏是由肌肉里的神经兴奋而产生运动的。即使把心脏摘除到体外，只要用适当的方法，它仍会照常运动。所以，引起心脏运动的力量是来自于心脏本身，这一点是确信无疑的，不过，这力量来自于肌肉还是来自于肌肉的神经，这一点至今还没有定论。为了确认到底是这两种之中的哪一个，有大量的学者研究了各种动物的心脏，其中甚至有人为了这项研究而奉献了自己可贵的一生，可即便这样也未能令人满意地得以解决。像有些学者，通过研究寄居蟹之类非常罕见的动物的心脏，为找到神经学说的根据而得意不已。可是，那些性格比较偏执的学者，就不会简单地承认它。

于是我想，肌肉说也罢，神经说也罢，都是由于心脏而产生的烦琐的学说。人工心脏出现的时候，肌肉说和神经说就都会瓦解的。使马达转动的电流是人工心脏的基本根源，迄今为止的学说，都可以统一为"电流说"，而且，对此学说也不会有人反对。那该是多么痛快淋漓呀！……虽说有点儿年轻气盛，却是一种极其清晰的想法。仔细想一想，假如神创造了人类身体的话，神肯定比我更觉得，肌肉说和神经说之间的纷争会更滑稽可笑吧。总之，我不堪忍受各种学说充斥我的大脑，大学毕业后，想尽早完成人工心脏的发明。

四

　　上了三年级以后，我听了临床学科的课，并且直接接触了患者，在痛感现代医学无力的同时，我发现我们所学的医学，只不过是各种学说的堆积，和实际运用之间有相当的距离。如果把各种学说清楚地统一起来的话，按照它治疗也会简单清楚地进行，可各种学说还只是发展到争论的地步，治疗当然只能是半截子了。在为数不少的病种中，用药物能有效治疗的屈指可数。其他的也只是安慰性地开点儿药，等其自然痊愈，一旦生命出现危险，会怎么做呢？正如你所知，不管什么病，都会注射樟脑液的。光在日本，一年就有一百几十万人死亡，其中大部分人都是带着樟脑液这份礼物去了那个世界。樟脑液就是强心剂，是增强心脏功能的药剂。也就是说，医学的终极还是要靠增强心脏功能，这一目标一旦实现，不管是急性病还是慢性病，只要心脏正常运动的话，能治好的病就会痊愈，治不好的病依然治不好。现代医学就是这样让人们的生命持续的。像鼠疫、霍乱之类的恐怖的疾病只不过是最后侵害人类心脏而导致死亡，所以，对现代医学者来说，与其不断探求鼠疫、霍乱之类的病原菌，还不如让心脏变得像钢铁一样坚强，甚至进一步讲则更应该在钢铁做的人工心脏的制作上下工夫。这样的话，就没有必要一一研究各类疾病，文献也不需要那么多，那么烦琐了。只要能够发明人工心脏，所有的疾病都不用害怕了。我每次想起帕斯特尔、科赫、奥利克的时候，在感谢他们对人类带来恩惠的同时，也不禁感叹，为什么这些大天才们不把力量用在发明人工心脏上呢？从古至今，在医学史上留下足迹的人不计其数。要是他们都能把全部精力放在人工心脏的发明上的话，或许早已出现理想的结果了。而且，应该早就出现传说中的世外桃源了吧。从人类文明发展史上来看，人类的最大缺点就是不断地把事物复杂化，正如在自己建造的迷宫中痛苦彷徨，而又看似饶有兴趣，这就是人类的通病吧。事物变得复杂的话，人类自然就会只注意枝节而忘记根本。所以卢梭才提出"回归自然"。所谓的"回归自然"，我认为并非返回自然的原本状态，而是舍弃枝节，还原根本之意。我必须要尽早成功发明人工心脏，以还原医学的根本，当时我真为自己的这种想法而兴奋不已。

随着人类文明的发展，事物被复杂化，医学被枝节问题所掩盖，这些结果导致了一种可怕疾病的出现，那便是肺结核。肺结核光靠结核菌是很难发病的，而且只会在人类体质特别适合结核菌繁殖的时候发生。而容易患肺结核的体质，是人类文明发展的结果，所以肺结核可以看做是对人类文化的一种天大的讽刺。其证据就是现代医学对结核的屈服。岂止是屈服呢，简直是抓狂而又木然地袖手旁观。对医生来说，或许只是混饭吃的一种工具，而对患者来说却只能帮倒忙。

有志于医学之人，谁都会为治疗结核而费尽心机。我也是其中之一，不过我已经知道，只要人工心脏能成功发明，这一问题就会迎刃而解。我前面已经说过，所有疾病的治疗都可以依靠人工心脏来实现，肺结核也是其中之一。因为肺脏这个器官，和人工心脏有着特殊的关系，所以，我想在这儿说一说。

肺脏的主要功能是交换血液中的二氧化碳，即把流经全身的含有二氧化碳的静脉血从心脏流入肺脏时舍弃二氧化碳，吸收空气里的氧气变成动脉血，返回心脏后被送往全身。所以，在制作人工心脏的同时，如果附带上吸收和发散二氧化碳，同时又提供氧气的装置的话，那么肺脏就变成一个无用的道具了。因此，无论肺脏被结核菌再怎么侵害，肺脏都不会感觉到丝毫痛痒。所以，肺结核问题就会马上得以解决了。在人工心脏被植入人体之际，往人工心脏上安装人工肺脏的手术非常简单，简直可以说是一举两得。

让人工心脏附带人工肺脏，而让真正的肺脏从交换二氧化碳的工作中解放出来。此时我想可能就会出现一种罕见的现象。那就是当肺脏细胞从交换二氧化碳的工作中解脱出来时，人类所摄取的食物就将大幅缩减。所以发明人工心脏的问题，不光能使人们摆脱疾病的折磨，还可以让人们从粮食不足的苦恼中解脱出来。我想那时恐怕所有人都会和神仙一样，仅靠少量的食物精华就能生存了吧！

迄今为止，多多少少考虑过发明人工心脏的学者可能也不在少数，可是最早想到通过让肺脏从交换二氧化碳的工作中解脱出来，从而缩减人类摄取的食物，恐怕非我莫属了。下面我就说说这个问题。

五

　　我曾经对大气中为什么会存在大量的氮气很是不解。氮气占空气总量的五分之四之多，而且对人类的生存没有一丝好处。尽管所有的事情都用目的论来解释会很危险。但我还是认为空气中的氮气和氧气一样，都对人类的生存有用。空气中的氧气是人类生存一刻也离不了的，而四倍于它的氮气毫无意义地进出人体，这怎么想都是矛盾的，因此我认为氮气对人体来说绝对不是没有意义的。之所以觉得没有意义，只不过是人们没有意识到氮气的意义。

　　众所周知，构成人体最重要的组织都是由化学物质——蛋白质构成的。蛋白质是以氮为主的化合物，所以氮化合物是人体一日不可或缺的物质。通常我们是通过食物来摄取氮化合物的，尽管构成化合物的氮是人体不可或缺的物质，可气体形式存在的氮一点儿也没被人体利用，我想这是老天爷最大的疏忽。与此同时，我认为这绝不是老天爷的疏忽，老天爷是让我们利用游离氮气的，只是我们人类没有注意到而已。哎呀，"老天爷"这个词你可能不太爱听，但我想，比起"造物主"之类的词更容易明白，所以还请您凑合着继续听吧。

那么，老天爷是如何教给人体器官利用游离氮气的呢？不用说，这个器官只能是不断呼吸氮气的肺脏。就像皮肤通过皮肤呼吸利用氧气一样，氮气也可能是通过皮肤来利用的。正如吸收氧气是在肺脏里进行一样，我想氮气的吸收也应该主要是在肺脏里进行的吧。

你知道地下有一种能固定空气中氮气的细菌吗？也就是说这种细菌具有把游离的氮气转化为氮化合物的能力。就连细菌这种最低等的生物都具有这种神奇的能力，更何况最高等生物的人类细胞，是不可能没有这种能力的！我断定肺脏细胞和地下的细菌一样，同样具有固定氮气的作用。

可是，肺脏细胞承担着交换二氧化碳的重要任务，顾不上固定氮气。另外，人体必需的氮化合物是通过食物补给的，不一定需要肺细胞的参与。假设现在终止食物摄取，也就是保持饥饿状态的话，肺的固定氮气机能肯定会很旺盛。此时，肺脏将代替消化管道，掌管人体的营养。在饥饿绝食的时候，之所以光靠饮用水就能生存几周，这肯定是因为肺固定了氮气的原因。在进行饥饿测试时，实验者静卧的时间越长，饥饿就保持得越久，对这一现象的最佳解释是，静卧能减少二氧化碳交换量，相反，氮气固定机能就能变得旺盛起来。当患肺结核时，患者明显消瘦，必须要大量补充蛋白质，这是肺脏被结核菌侵害，其氮气固定功能减弱的缘故吧。

因此，肺脏不用交换二氧化碳的话，那它肯定会全力进行氮气固定的。如果是这样的话，通过氮气的固定，人体的营养成分被补给，人类恐怕就不再需要用嘴来摄取食物中的蛋白质了吧。有人曾经计算过，人体每公斤体重一天需要两克蛋白质。要是全部肺脏细胞都从事氮气固定的话，人体所需的营养成分是很容易被制造出来的。所以，成功发明人工心脏，让附带的人工肺脏代替肺脏二氧化碳交换机能的话，人类所需的食物就会大大缩减，如果进一步研究的话，人类或许不靠食物的摄取也能生存吧。就这样，当时我做了很多假想之后想尽早从大学毕业，从事人工心脏的发明。

六

　　终于，从大学一毕业我就进了生理学教研室，在主任教授的许可下，开始进行人工心脏的研究了。我因为自身原因，上学的时候就结婚了，可为了节省交通时间，经主任教授允许，我们夫妇借了一间教室居住。因为我妻子对我的研究也非常有兴趣，我就让她做了我的助手。我们昼夜不停地工作。宽敞的校园虽然位居闹市，可到了寂静的夜晚，天花板很高的研究室在瓦斯灯的照射下有一种说不出的寂寞感。可隔着做实验的动物，我俩充满希望的眼神对视的那一刻，总是让人感到无比的幸福。在实验进展不如意时，我经常满脸不悦，彻夜工作。那些时候，妻子也会彻夜不眠，为了改变我的心情而勤奋工作。当实验连连失败，我几乎陷入绝望的深渊时，拯救我、给我力量的依然是我的妻子。要是没有她，人工心脏的发明是无论如何也完成不了的。我至今觉得她依然在我身边。就这样，因为妻子之死，我最终放弃了好不容易完成的发明。我的命运是多么不幸呀！一想起那个时候的苦与乐，直到现在我依然激动不已。

哎呀，不知不觉我跑题了。一开始着手人工心脏的发明才发现，要完成它并不像学生时代想的那么容易。所以我觉得迄今为止，即便有要发明人工心脏的人，也因为最终无法实现，文献资料上才见不到关于他们的任何记录吧。

通常生理学实验，都是就近找青蛙做起来比较方便，可对人工心脏的实验来说，青蛙太小，手工过难。因此我决定通过家兔来进行实验。哎呀，为做实验不知死了多少只兔子。所有的实验都必须在家兔麻醉的状态下进行，虽说这些都是为了拯救人类而进行的实验，但我依然觉得对家兔来说过于残忍。人们把科学家都误解为冷血无情之人，甚至有人觉得他们残忍到以杀害实验动物为乐。其实未必所有的科学家都是这样的。我中途之所以数次想放弃实验，就是不愿让家兔这么痛苦。

实验的顺序是，首先把家兔仰面放倒，固定在特殊的台子上，麻醉后切开胸部，然后再把心囊切开，最后把我们准备的泵替代心脏安装上。这样说起来似乎比较简单，可真正的手术却一点儿也不容易。首先，当摘除了家兔的心脏，要装上替代用的泵时，因出血量太大，手术无法进行。之后先不动家兔的心脏，给泵接上较长的管子，然后把它和各个大血管连接才没事了。

最初没有考虑到人工肺脏，光是研究人工心脏了，可光有人工心脏的话，肺动脉、肺静脉和泵管连接的程序太多，才觉得带有人工肺脏的人工心脏安装起来更为方便。众所周知，心脏是由四个心室构成，人工心脏及泵自然也必须设置四个心室。可带有人工肺脏的人工心脏，只需要用活塞隔成上下两个心室。其实，只有一个心室就可以了，相当简单。

用来做泵的材料，起初用的是厚玻璃，活塞的材料是硬橡胶。这些是为了从外部观察血液流动情况，可最后，泵和活塞都改成钢铁做的了。这是因为，经验证明钢铁比玻璃更适合制作人工心脏。

接下来，我要说一说泵的构造，不过，在此之前，我要先说一说人工肺脏的原理。虽说是原理，却非常简单。就是把上下两个大静脉里的静脉血的碳酸二氧化碳除去，然后给它加上氧气，送入大动脉就可以了。可是，只要连在氧气管上就能提供氧气，可去除碳酸却非常的麻烦。麻烦之处不在于去除碳酸这件事本身，而在于瞬间除去大量的碳酸这一点。把静脉血装入特定的容器，容器上设置有合适的装置，在强烈的内压下，可以除去一部分碳酸，可要除去快速流动的血液里的全部碳酸，却极其困难。我想来想去，突然觉得只要减少全身流动的静脉血里的碳酸量，这个困难就会迎刃而解了。为此，让含有大量氧气的血液，比平常循环快一点儿就可以了。于是我想，把活塞的运动次数提高到心脏跳动次数的三四倍就足够了。试了一下，果然发现静脉里的碳酸二氧化碳的量减少了，人工肺脏的问题就比较简单地解决了。

去除人工肺脏碳酸二氧化碳的部分直接和大静脉连接，去除了碳酸二氧化碳的血液流入人工心脏及泵中，通过活塞叶片时加速，通过活塞喷出，由设置在那里的管子送入氧气，就成了所谓的动脉血，最后进入动脉。你可能会觉得附带人工肺脏的人工心脏体积很大吧？可是经过不断改良，人工心脏的大小可以控制在用做实验的动物心脏1.5倍大小之内。也就是说，用钢铁做材料的话，就能够缩小人工心脏的体积。刚才所说的活塞动力当然是电气发动机去除碳酸的内压，也是依靠电力产生的。

这么说的话，好像实验能够非常简单地进行，可迄今为止的加工改良其实一点儿也不容易。妻子和我经常废寝忘食地工作，尤其是机器做出来后，把它和家兔的大静脉、大动脉连接是极度困难的事情。刚开始时，是用叫做肠线的丝线把钢铁板和血管连接在一起，可钢铁流通不好，后来用有一定硬度的橡胶板接在了它们中间。尽管如此，也会经常因为压力调节不均衡，接口处爆开，导致瞬间出血，而致使家兔死亡。

特别是手术时，让人感到不愉快的现象是血液凝固。大家都知道，血液一流出血管就会马上凝固，只要有一片凝血进入血液里的话，就会引起很小的血管栓塞，从而导致组织坏疽，所以无论如何，必须防止血液凝固。于是我使用取自青蛙口部的水蛭素来防止凝固，从而保障手术顺利进行。可手术安全结束后，大血管和橡胶管连接的内侧容易凝血，仍然不断失败，可是前面有过只要加速活塞运转，凝固现象就不会出现的经验，所以，利用解决人工肺脏问题的方法，也渡过了这一难关。

还有一个让人不愉快的现象——细菌引起的化脓。不过，注意器械消毒，进行无菌手术的话，因为家兔的血液对细菌的杀伤力比较强，就可以避免化脓。当然，不管怎么说，防止化脓最重要的一点是迅速进行手术。不光是化脓，为了避免其他所有的不愉快现象，用尽可能短的时间进行手术是最重要的条件。幸亏我在牺牲了很多家兔之后，渐渐地可以缩短为仅仅十分钟的时间就能做完全部手术。切开胸部，安上人工心脏，再缝合胸部，我为自己能在十分钟之内做到这些而甚感得意。当然，人工心脏只能放置在胸腔外部。我从未能把人工心脏放置到胸腔以内过，利用上面所说的装置，这无论如何也是不可能实现的。你可能会认为，钢铁制的心脏必须要常常加润滑油吧？所幸血液中多多少少含有脂肪，所以这一点也不必担心了。

你可能想象得到，在完成人工心脏发明的时候我们是多么的高兴啊！发出嗡嗡蝇声，旋转的电发动机带动活塞不停运转，尤其是看到从麻醉中醒来的家兔被绑在台子上，平静地存活五小时、十小时的时候，我们欢喜雀跃，相拥而泣。发动机声、去除碳酸二氧化碳声，还有提供氧气声等之类的声音，对家兔来说，或许会感到很不愉快，可对我们来说，能解决人类问世以来从未有人完成过的人工心脏研究的第一难关，却充满着喜悦。我想，如果家兔有感情的话，肯定也会和我们有同感的。如果我们进一步研究，给刚死去的身体装上人工心脏，挽救它的生命的话，恐怕家兔也会从内心感谢我们的吧。克服第一个难关以后，按理说第二个难关就比较容易渡过了。我们夜以继日，开始继续研究。可正在此时，却发生了意想不到的灾难。

七

　　正如"好事多磨"这句话说的一样，凡事都不会遂人愿。突破第一难关一周后的这天晚上，我突然出现了咳血现象。

　　完成人工心脏研究第一阶段时，我进入生理学教研室已经一年半了。从半年前开始，我时不时会轻微地咳嗽。可能从那时起我已经伴有轻微的低烧了，可沉醉于研究中的我，根本无暇顾及。这可能是身体过度消耗的报应吧！因为发生咳血，我不得不暂时中止了研究。我应该不紧不慢地从事研究的，可出现现在这种情况，都是因为年轻气盛，只顾一味着急行事，因而出现了这样的错误，幸亏最后恢复了健康。从那以后，我才渐渐明白，越是重大的工作，反而越要不紧不慢地进行研究。

　　我出现咳血之后，主任教授屡次劝我住院治疗，可我一点儿也不愿意离开研究室半步。于是，只好把我借住的教室作为病房，妻子像护士一样开始细心照顾我。刚开始我的咳血量大概有十克，我赶紧卧床休息。内科的朋友诊断后，马上给我注射了止血剂，他还忠告我一定要安静休养。于是我静静地躺在床上休息。

半夜我醒来时，突然觉得胸口奇痒难忍，心想大事不好，就开始大声地咳嗽起来，紧接着就觉得一股暖暖的血一下子喷到了嘴里。之后还是咳嗽，不停地咳嗽。妻子赶紧拿来杯子，眼看着红色的液体盛满了一杯子。吓得妻子赶紧端来了洗脸盆。我侧躺着咳血，最后残留的鲜血从鼻腔冒了出来，我下半部分脸被血染得黏黏的。胸口就像捅了马蜂窝一样咕咕直响。紧接着，又是震天响雷般的咳嗽声。不一会儿，又接了半盆子血。再这样咳下去，我都担心全身的血都要咳出来了。白色的床单上染满了大大小小红黑色的斑点，端着洗脸盆的妻子手不停地颤抖。柴油灯吱吱地闪着，夜晚又恢复了宁静。我心里不由升起一种沉重的感觉。

不过，幸运的是我的咳血止住了。咳完血后的心情真是难以形容。脑袋异常冷静，可之后又是一片茫然，只是一刹那，紧接着又会有一种不安猛然袭来。

恐怖！难以忍受的恐怖！一种从未有过的恐怖包围着我。不用说，当然是对过一会儿又将开始咳血的恐怖。也或许是对"死"的一种恐怖。但不知道为什么，我觉得那是一种比死亡更可怕的恐怖。我因此睡不着觉了，对肺脏里破裂的血管无能为力。医生也只能在一旁默默地袖手旁观，止血剂也不起任何作用。破裂的血管就被抛弃了……那是一种多么可怕的事情啊。自从我接诊病人以来，一次也没考虑过患者的害怕心理。那时我第一次深切地感受到，未曾患过病的医生是没有资格诊治患者的。如果去除咳血时的恐怖，我认为咳血本身并不算什么。我感觉医学最大的任务不是诊治疾病本身，而是消除对疾病的恐怖心理。

为了消除我失眠的不安，我麻烦妻子给我注射了吗啡。我觉得普通量无法消除这种恐怖，所以让她给我多注射了一些。结果如何呢？没过一小时，那种令人恐怖的不安一下消失得无影无踪了。并且在不知不觉中进入了梦乡。你有过注射吗啡的经历吗？或者读过《鸦片吸食者的忏悔》这本书吗？总之，摄入了吗啡的话，人就会进入一种如梦如幻、如痴如醉的快乐世界。那个世界里没有恐怖，那里是超越时间和空间的乐园。

当我醒过来时，我的耳边传来了嗡嗡的蝇声，我竖起耳朵仔细一听，旁边传来了"哗啦哗啦"水飞溅的声音，我以为是和妻子一起在××公园散步，在秋日的沐浴下聆听瀑布的声音。可我再仔细一想，我还躺在病床上，定睛一看，发动机在不停地运转，内压装置和氧气供给器也在转动。

人工心脏！是的，有人给我装好了人工心脏！人工心脏带来的快乐！让人不知恐惧的人工心脏！人工心脏才是完全消除我对疾病恐怖的东西！人工心脏才是让人进入乐园的东西！这是一个多么祥和的世界啊！

正想着，一阵剧烈的咳嗽，咳血又开始了。我一下子从天上乐园跌落到地狱的深渊。原来，让我误认为是人工心脏发动机的是因咳血产生的腹鸣声而已。由于吗啡的作用，我只是把那种鸣叫声当成了人工心脏带来的安乐世界而已。咳了三杯血之后，咳血终于停止了，可恐怖感再次强烈地包围了我。

那时，我想起了很早以前在生理学课上听过的朗格的学说。所谓朗格学说，举例说明的话，就是我们之所以感到恐怖，是因为恐怖时出现的各种表情。这种极端的机械论简单来说，就是并非因为恐怖感才头发倒立、脸色发白，而是因为头发倒立、脸色发白才感到恐怖。咳血之后，我依旧只相信机械论，这是因为用人工心脏消除我内心恐惧的理由，只有用格朗的学说才能够恰当地解释。当人感到恐惧时，心跳会减慢甚至停止。也就是说，正因为人的心跳减慢甚至停止，人才感到恐惧而已。所以只要安装上人工心脏，让它不停地以相同方式跳动，就肯定不会出现恐惧的感觉。

想到这儿，我就想要尽早恢复，早点儿投入人工心脏第二阶段的研究中去。幸运的是，咳了五次后它就止住了，并且以后逐渐好转，经过大约一个半月的静养我又能起床工作了。帮我看病的朋友多次劝我去异地疗养，可我一点儿也听不进去。妻子非常理解我的心情，我们一起又开始了人工心脏的研究。要是那时听从朋友的话就好了，现在一想起来我就后悔不已。其实妻子比我更需要去异地疗养。她在照顾我时，肺上的问题已经相当严重了。可她和我一样要强，一点儿也不表现出来。

八

　　人工心脏第二阶段的研究，即通过人工心脏让已经停止呼吸的动物复活这一研究，它并没有想象中的那么困难。我尝试用各种毒药毒死家兔，等它的心脏刚一停止跳动，就立刻打开它的胸腔，用预备好的人工心脏进行实验。结果发现，只要在家兔死后五分钟内开始实验的话，就能让它再次恢复意识。如果超过五分钟以上就不行了。让死后已经发凉的尸体复活，是根本无法实现的事情。第一次很容易就能让死去的家兔复活，我和妻子虽有点儿意犹未尽，但还是高兴地在研究室里雀跃。不过，虽说很简单，但也伤害了相当多的家兔！这关键是选择毒死家兔的毒药非常难。因为无法等待家兔自然死亡，所以我们不得不用毒药毒死它。可有些毒药会让家兔的血液性质发生各种变化，此时的实验就变得相当困难。并且用一种毒药毒死家兔后实验能成功，但用其他毒药就未必能成功。这就必须要尽可能多地尝试各种毒药。所以我们也费了很大的工夫。

发明人工心脏的初衷是为了消除人类的恐惧心理。利用家兔实验成功以后，就必须要应用到人体身上。我之所以刚才说发明人工心脏是为了消除人类的恐惧心理，是因为我发生咳血以后，无暇他顾，光想着只要让人类摆脱恐惧心理，人类的乐园就会到来。不再会感到恐惧的世界，那是一个让人感到多么快乐的世界啊！接下来一个阶段，是对比家兔体型还要大一些的狗进行实验。对狗进行实验时只要用较大一点儿的泵就行，手术上没有任何变化。另外和家兔相比，用狗实验时用的要多一些。当然用狗实验时，也只是尝试让刚死去的狗复活的实验。结果发现，只要在狗死去十分钟内着手实验的话，就能达到预期的目的。通过家兔和狗的实验也发现，动物越大，安装人工心脏的时间间隔就越长。我想这多少和血液凝固性的大小有关。动物都是体型越小血液凝固越快。动物死后血液当然就会凝固。血液一旦凝固，人工心脏就发挥不了它的作用。我推测，比狗大的动物从死后到安装上人工心脏的时间间隔应该会更长一些。在此基础上，我选择了和人的体重相同的羊做实验，结果发现，羊在死去十五分钟后着手实验的话，羊就能复活过来。接下来该对人体做实验了。虽然我一直期望在人身上做实验，可命运是多么作弄人啊！我第一个用来做人工心脏实验的人，竟然是帮我发明人工心脏的我的妻子——房子！

有一天，妻子突然在研究室昏倒了。我赶紧把她抱起来，放在了床上。在给她喂了点儿红酒后，不一会儿她就醒过来了。我把手放在她的额头上，感觉像火一样烫，用体温计一量，我大吃一惊，竟高烧到41.5℃！我马上用冰袋给她降温，并且请上次给我看病的内科医生朋友给她看病。从朋友那里听到病名时的感觉，现在想起来都让人发抖。朋友告诉我，妻子所患疾病是典型的栗性结核！这无疑就是死的宣言！妻子很早以前肺就出现了问题，可她一再硬扛，最终发展到无法挽救的地步。我陷入极度的悲哀之中，不过冥冥之中，我看到了一丝希望。当然是希望用人工心脏来拯救妻子的性命。

妻子看了我和朋友的脸色后，像是早已察觉了自己的命运一样，朋友刚一走，她就问我：

"我是不是已经没办法治了？"

我不知道怎样回答，只能扭过头去。

"我已经知道结果了，可我一点儿也不怕死。"

她的话里充满了希望，我不由得"哎？"了一声，盯着她的脸。

"不是有人工心脏了吗？我死了以后，你马上给我装上，我一定会复活过来的！"

"那样说太让人悲伤了吧！你必须要想开点儿！"

"你才要想开点儿，好不容易做了这么多次实验，如果不用人做实验的话，那就什么意义都没有了。用兔子实验成功的时候，我已下定决心，即使我不生病，也要特意死去，让你用我的身体做实验。"

我激动地握住她的手，在她的嘴唇上亲了一下。

"那你用我的身体做实验吗？难道你不高兴吗？因为我们只是用兔子和狗做实验，依靠人工心脏的存活到底是怎么回事，谁也不会把那种感受告诉我们。我要亲自体验一下，我相信正如你说的那样，安乐世界一定能够实现。一想起你的话，我就想早点儿死去，我到底什么时候会死呢？"

我越听越觉得悲伤。

"不用了吧……"

"不行。要是来不及的话，我就会很悲伤的。快点儿准备吧。"

对呀，既然妻子已经无法挽救了，那么用人工心脏完成妻子的希望，对妻子来说，是最好的做法了！我这样想着，利用照顾妻子的闲暇，开始准备人工心脏。平时我总是和妻子两个人一起准备，心里总是充满了勇气，可那个时候却觉得心情非常沉重。

九

　　准备完人工心脏的第二天早上，妻子的病情恶化了。朋友们都赶了过来。可妻子只留下主任教授和主治医生（我的那个内科医生朋友）两个人，让其他人都回避了。她拜托这两个人说，她一断气，想让丈夫进行人工心脏的实验，她想请二位保证自己的丈夫不受法律的牵连。听了这话，主任教授的眼里泛起了泪光。

　　接着，妻子也让那两个人退出房间，让我给她看看人工心脏，我拿起来给她看了后，她微微地笑了。与此同时，她的喉咙动了一下，静静地闭上了眼睛。

　　我突然回过神来，出去告诉大家我妻子断气了，我接下来要给她手术，请不要进来。之后就迅速着手做手术了。

　　我用手术刀碰到她胸部皮肤时的感觉，至今难忘。我迅速切开她的胸腔，连接上人工心脏。手术在她死后九分钟开始，用了十三分钟完成了。

　　我用沾满鲜血的手拧开开关，发动机以它特有的声音开始转动起来，一分钟、两分钟、三分钟，我一边检查她的脉搏，一边盯着她的眼睛。活塞每分钟转动二百五十次，虽然数不清脉搏的次数，但能清楚地感觉到血液正在正常地循环。

　　五分钟！她的嘴唇恢复了以往的颜色，同时，她的眼睑轻轻地颤动。我不禁高兴地想叫出来。在对狗和羊进行实验的时候，第一次经历了这种眼睑的颤动。

　　七分钟！她的两只眼球开始转动。我强压住快要爆发的喜悦，一直盯着她。

　　九分钟！她一下子睁开了眼睛，上下左右打量，嘴唇也开始嚅动。

　　十一分钟！她的视线集中在我的脸上。

　　十三分钟！她"啊"地叹息了一声。我不由叫了起来。

　　"房子！你能听见吗？你活过来了！"可是，她没有一丝微笑。

　　"房子！人工心脏成功了。你高兴吗？"

　　"我很高兴。"她机械地说道。

　　"你高兴吗？我很高兴。你获得了新生命！"

　　"哎呀！"她说道。脸色仍然像口罩一样惨白无力。

　　"我刚才说我很高兴，可我怎么也高兴不起来。"

　　我心里一惊，突然吻了她一下。

　　"哎呀，抱歉！我怎么一点儿也感觉不到留恋啊？"

听了她的话，我更加吃惊。

"对不起，老公！我想笑但笑不起来，想高兴也高兴不起来。这样活着，没有任何意义！"

那时，我绝望至极！不由把头埋进了床里。

"不行，老公！赶快给我把人工心脏摘下来。我一点也没有死亡或重生的感觉！"

我花了两年时间的研究被她的这一句话击得粉碎。我们只考虑消除人的恐惧心理了，根本没注意人工心脏把快乐等其他感情也消除掉了。我感到悔恨！惭愧！而妻子现在连这些感情都没有！人工心脏最终只不过是人造的人生罢了！

咔嚓！我终于狠下心来关掉了发动机的开关。

呀！我的故事太冗长了吧。我的这个痛苦经历或许证实了朗格的学说，可自此以后，我对机械论感到不满起来。机械论最终只是一种打碎人类希望的学说。或许正是有了恐惧、疾病和死亡，人类才有生存的意义吧！

就这样，随着妻子一死，我就毅然决然地放弃了对人工心脏的研究。只想继续研究刚才故事中提到的肺脏的氮气固定作用。因为太着急的话容易坏事，所以我打算慢悠悠地研究它。

因为你提到了氮气固定法的发明者哈伯博士要来日本，我才把我这辈子最后悔的故事告诉了你。或许生理学家用水银制造的"人工心脏"最安全的用途是作为消遣吧！哈哈哈哈……

按摩

"咳！咳！"老按摩师一边给他按摩着肩膀，一边被他嘴里的香烟呛得直皱眉头。老按摩师的背有些后仰，从脖子和右肩的角度呈六十度这一点来看，他应该是一个天生的盲人。

郊外的冬夜很寂静。

"老爷，您相当喜欢香烟啊！在不到三十分钟的时间里，您已经抽了有十根了吧？！"

老按摩师露出一脸狡黠的微笑。

"嗯。我已经尼古丁中毒了，浑身的肌肉硬邦邦的，不知道怎么办才好。每次一经过按摩店门口就不由自主地想进来。不知道有什么好办法能把这尼古丁中毒治好啊？"

他烟不离嘴地回答道。他脸色苍白，是一个典型的中年尼古丁中毒患者。

"那么，老爷，您只能弄瞎眼睛了。"

"什么？！你说什么？"

他像不相信自己耳朵似的，一下子把香烟从嘴里拿开，等着老按摩师回答。

"双眼瞎了就成为盲人了。眼睛瞎了的话，连可怕的吗啡中毒也能治好，所以尼古丁中毒之类的病是不可能治不好的。"

听了这话，他感到脊背有些发凉。

"你有这方面的经历吗？"他声音颤抖地问道。

"是呀，其实我的眼睛以前很正常，可因为不小心，吗啡中毒了。之后，我双目失明了。可奇怪的是，我的眼睛虽然看不见了，可吗啡中毒却突然痊愈了。"

"嗯，你的话真奇妙啊！你为什么要吃吗啡呢？"受好奇心的驱使，他混浊的眼睛一下子变得亮了起来。

"您要这么问的话，我还真不好回答呢……"

"哎呀，你就给我讲讲吧。"他在火盆里把烟头掐灭了。

按摩师抿嘴一笑，接着说道：

"您好像相当感兴趣啊。现在说说也没关系，我就告诉您吧！老爷，实话对您说吧，我年轻的时候杀过人。"

听了这话，他大吃一惊。

"哈哈哈，老爷，您肩膀有点儿紧啊，请您不要那么紧张，我现在可是一个老实人啊。那就请您听我从头道来吧！"

接着，按摩师用了将近一小时的时间，讲了他杀死情敌的过程。就连见多识广的他，也顾不上吸烟了，听着听着都由原来的好奇慢慢变得害怕了起来，就像被老鹰抓住的小麻雀在听老鹰忏悔一样狼狈。

"那天晚上，我终于把那个家伙拉到了森林里。我看时机已到，就让他走在我的前面，我就用短刀从后面刺向了他的右脖颈。那家伙比常人高一头，刺中的时候，从他的颈动脉里飞溅出的暖乎乎的东西打在我的右眼上，我感到烧心得疼。那家伙身上飞溅出的血，竟含有神奇的力量！我扔掉短刀，弃尸而逃。捂着右眼朝城镇的方向跑了回来。我的眼睛疼得实在受不了，就一头冲进了一家小医院。

院长不是眼科医生，当我掏出装有三百元的钱包（我还有准备逃跑的五百元放在腰带里）要求住院时，可能是被我的钱所吸引吧，他不问究竟就给我安排了病房。接着，给我检查了眼睛，说是罕见的眼底出血。给我清洗了眼睛之后，幸运的是血就止住了。嘿嘿，血当然会止住的。可血虽然止住了，眼睛依然疼痛难忍。于是，院长就马上给我打了一针吗啡。吗啡的效力还真厉害，不到三十分钟的时间，疼痛就消失了。

第二天晚上，就在我干掉那个家伙的同一时间，我的右眼突然比前一天晚上疼得更厉害了。于是我又让他给我打吗啡，可这次只打一针已经不管用了，打了两针疼痛才消失了。

接下来的几天，都是在同一时刻，我的眼睛就会开始疼痛，注射吗啡的次数也越来越频繁了。终于到第七天晚上，确切地说，是在那个家伙死后头七的晚上，我的右眼疼着疼着突然什么都看不见了，这之后便瞎了。可从第二天开始，到了同一时刻，眼睛就不再疼了。老爷，仇敌的鲜血还真是让人害怕呀！

我这么说的话，老爷您可能会怀疑我不中用吧。老爷，您可知道逃犯的最佳藏身之所就是医院啊。经常听人说，大盗贼为了逃避杀人的死罪，会供认小罪，进监狱躲避。我杀了人后只想躲在医院里。不过，必须是小医院，太大的医院不行。另外，必须要有足够的钱，这样的话，医院为了钱也会尽力保护你的。警察一般认为病人不会杀人，也不会来调查。医院按我所说的，谎报了住院日期，我当然也是用假名字登记住院的。总之最后没有引来警察。这个事件，怎么说才好呢？对，就像"走迷宫"一样，最终稀里糊涂地就没事了。

可是，我虽巧妙躲过了法律上的惩罚，而来自情敌血液的惩罚却越来越强烈了。

从右眼瞎了的第二天开始，我的眼睛就不再疼痛了。可在固定的时间不打吗啡的话，浑身就像虫噬一般，难以忍耐。和普通的吗啡中毒还不一样，我好像特别特别期待吗啡进入身体时的那种疼痛感觉。老爷，您有过吗啡渗入皮肤里时那种舒服得让人垂涎欲滴的疼痛感觉吗？那种感觉真让人难以忘怀啊！之后每天一到固定的时间，我就让他们给我打吗啡。可一两周之后，在手臂和后背的任何一个地方打吗啡，那种让人着迷的感觉却再也找不着了。哎呀！这可怎么办呢？全身哪儿最疼呢？找来找去，结果感觉嘴唇周围、脚底还可以。可持续往这些地方注射两三周后，那种感觉又消失了。

在这儿给您说这些可能有些不礼貌。最后我甚至手拿针管，往自己下身那地方的皮下注射呢！这个地方痛感果然很强，让我体会到了难以形容的快感。但这种快感依然难以持续四五天以上。

我已经再也找不到感到疼痛的地方了！老爷，不知您能不能体会？我当时为了找有痛感的地方，心里是多么焦躁啊！每天一到固定时间，我就像疯了一样开始痛苦地挣扎。极度痛苦之后，我终于找到了一个之前没找见的感觉最疼的地方！老爷，您猜猜在哪儿呢？

是眼睛哪！眼睛！老爷，您可能也知道异物进入眼睛时的那种疼痛感觉吧！我瞎了的那只眼睛没有痛感，可那只睁着的眼睛肯定会完全满足我的欲望的！当时我兴奋异常！

于是，那天晚上，一到那个时候，我就用装着吗啡的针管猛地刺入了自己的左眼，慢慢地把吗啡打了进去。果然，我充分体会到了期盼已久的疼痛感！

老爷，您知道黑色火焰的样子吗？当吗啡注射到我左眼里去的时候，我觉得自己好像看到了黑色的火焰！从那时起，我的左眼就失明了。

老爷，您知道那天是个什么日子吗？后来我才忽然意识到，我左眼失明的那天正好是那个家伙死后第七七四十九天！

　　奇怪的是，从第二天开始，我突然觉得不再需要吗啡了！而我也变成了盲人！

　　所以，老爷，我至今认为只要弄瞎了眼，就能治愈吗啡中毒……"

　　他认真地听着，可越听越感觉全身发冷。老按摩师的故事一讲完，按摩也结束了。他此时已完全没了吸烟的勇气，甚至都害怕看老按摩师一眼。他从钱夹里取出一元钱，放在了老按摩师的手里。

　　老按摩师爽快地接受了，并放入自己怀里。之后他脸上浮现出一丝狡黠的微笑，站起身来说道：

　　"嘿嘿，老爷您别生气。刚才的故事全是我编的！我天生是盲人，不知为什么，特别讨厌香烟的烟味。我给您揉肩膀时，想让您别抽烟，可您一味找借口不愿放弃，所以我就借题发挥了。嘿嘿，那么请您慢慢休息吧！我和突然失明的人不一样，不用搀扶也可以……"

犬神

犬
神

如果我有爱伦·坡十分之一文笔的话，那接下来我要讲的这个故事，肯定会让大家像喜欢他的《黑猫》那样感兴趣。不过遗憾的是，我至今只做过公司职员，只是喜欢看侦探小说，虽年已二十五岁，却从未写过这种风格的故事。然而，我现在真的是很认真地拿起了笔。

在昏暗的监狱里，我一边等待着被执行死刑的日子，一边想把我所犯的杀死一个女人的不赦之罪的过程忠实地记录下来，故此奋笔疾书。我打算只把事实原封不动地写下，绝不添加一点儿夸张润色。读者们可能会认为这种事情不可能发生。按照给我做检查的医生的说法，我现在的精神状态，可能还有点儿异常。不过，就算我目前是一种异常的精神状态，我依旧想把真实的事情写出来。

接下来我给读者讲的故事，其实和爱伦·坡的《黑猫》

的内容极为相似。我要讲的故事虽然和黑猫当中故事的起因以及发生的方式很像，但不是围绕着猫而是以狗为中心，读者或许会认为这是我模仿《黑猫》编造出来的故事。不过，我不会在意读者怎么说，大家要是觉得我是模仿《黑猫》的话，我反而会觉得不胜荣幸。这是因为，和文学巨匠相比，我拙劣的文笔显得太寒碜了。

我出生在伊予国的乡下。读者可能听说过关于四国的犬神和九州的蛇神的传说，其实我就出生在犬神之家。有迷信认为，犬神之家的人如果不和犬神家的人结婚的话，就会断子绝孙。犬神之家的人如果和普通人家结婚的话，夫妇就会死于非难。因这个迷信的原因，我的父母其实是比表兄妹还要亲的关系——〇〇〇〇的关系结婚并生下来我。我是一个独生子，在无忧无虑中长大。从附近的乡村中学毕业以后，就待在家里没再上学了。要是我父母现在还健在的话，我应该还在乡下过着田园生活，可是前几年，流行性感冒蔓延的时候，父母同时去世了。此后，我靠收地租生活。不知为什么，我慢慢讨厌起自己和犬神相关的身世来，去年春天，我变卖了所有的土地和房产，为了自由的生活，来到了东京。

我家里有一件唯一代代相传的传家宝。那是一张不知何人写的横幅，上面横着写着大约五尺长的五个大字——"金毗罗大神"。看起来它的历史相当久远，纸的颜色已经泛黄了，墨迹相当淋漓尽致，仔细看的话，字迹相当鲜亮。因为父母以前常常告诉我，家道再怎么衰落，只有这件东西不能卖，所以上东京的时候我记着拿上了这件横幅。刚开始，我先寄居在芝区的亲友家里。不久，我在附近租到一间带院子的小房子，开始自己生活。为了维持生计，我决定在某公司就职。"金毘罗大神"的横幅就挂在客厅兼起居间的房间里。当时我做梦也没想到，就是这张横幅导致我家破人亡。

刚开始在公司就职的那段时间很平静，没发生任何事情。可不久，我和咖啡店的一个女招待熟悉之后便同居了，此后我一件接一件地遭遇不幸。在咖啡馆和她交往的时候，感觉她还是一个老实本分的女人。可是，同居以后我悲哀地感到我的幻想破灭了，她不能令我十分的满意。可是，不知道为什么，我经常被她吸引，她也深爱着我，"深爱"这个词或许并不妥当，但至少她对我的举动极其露骨。举一个例子来说吧，我从公司刚一回来，她马上搂住我的脖子，贪婪地要和我××。

不知从什么时候起，我的心里突然有了一种难言的沉重感。有一天，一位在某医科大学上学的朋友，看了我的脸色之后，开玩笑说我看起来"××过度"，并且他还随口告诉我，××过度的人和娼妇一样会很迷信的。他不经意间说的这句话，让我很震惊。我不知道，医学上有没有××过度的人会成为迷信家的说法，可那时我的心一下变得很沉重。这是因为我家传的犬神传说，开始占据我的心灵。犬神家的男人如果和普通家出生的女人结婚的话就会死于非命这种顽固的观念，在我心里日复一日地强烈起来。

在法律上我和她还不算结婚。即便是提出结婚申请，我也连她是在哪儿出生的都说不出来。看起来她既没有父母，也没有兄弟姐妹。她不会给任何一个人写信，甚至连一个找她的人也没有。我甚至不知道她的名字"露木春"是不是她的真名。问她的年龄她也不说，即使知道了也没任何意义，所以我也就不在乎了。不过，从语音来判断，她应该不是四国或九州地区的人，倒更像东北地区出生的人。我也没兴趣追查她的底细。

虽然在法律上我们没有结婚，可事实上已经形成了夫妻关系。我心里的顽固观念挥之不去，总是感觉会遭遇可怕的事情。有一天，我从公司回家的路上，穿过芝公园时，不知道从哪儿蹿出一只白色的狗，恶狠狠地扑过来在我裤子上狠咬了一口。就在我惊慌失措之际，那狗已经跑远了。此时我才觉得右腿肚子火辣辣地疼。是狂犬啊！我此时感到害怕的不是狂犬的病毒，而是"狗的报应"，也就是说，这就是我遭受毁灭的开端！一想到这可怕的传说，我就感到全身战栗。我茫然地站了一会儿，之后回过神来，赶紧从口袋里掏出手绢，包扎伤口，然后一瘸一拐地回了家。

我刚进家门，她便像往常一样飞跑过来，想缠住我。可看到我脸色阴沉，接着又注意到我腿肚子上系的手绢，她马上蹲下来，在我张口说话之前，她已经解开了系着的手绢，吃惊地看了一会儿我血肉模糊的伤口。然后，她突然用右手抱着我的右腿，像狗噬咬东西一样将嘴唇贴到我的伤口上，像婴儿吃奶一样吸了起来。我吓了一跳，不由想把腿抽回来，可她抱得很紧，我一动也不能动。我有点儿惊慌，不知如何是好。吸了大概三分钟之后，她陶醉地咽下了满嘴的血，露出沾满鲜血的牙齿，抬头冲我莞尔一笑，说道：

"你被狂犬咬了吧？我已经给你把毒全吸出来了，你可以不用再打狂犬疫苗了。"

当晚，她吸了四五次我的血。

不过，我还是非常担心，第二天请假没去公司，开始每天去传染病研究所注射疫苗。她知道我一直在打疫苗时，好像很不高兴，但也没说什么，只是从知道我打疫苗时起，就不再帮我从伤口吸血了，只是像平时一样，开玩笑似的舔我的身体。

虽然我打了疫苗，内心却觉得越来越不踏实。我开始担心，是不是狂犬的病毒已经遍布我的全身了呢？要是咬我的狗携带的病毒特别强的话，是不是打预防针也不会奏效呢？有一天注射完疫苗后，我咨询了医生，医生安慰我说，截至现在，在这个研究所接受疫苗注射的人当中，还没有一个人患上恐水病（狂犬病）。啊，是恐水病！只要看到水不感到害怕，就表示没有患上恐水病。一直以来我都有一个习惯，每次经过芝圆桥时，都会停下来看看水面。不过，至今从没感到害怕过。这样来看的话，我还没有患上恐水病。我稍稍地放下心来。不过在我心里，"这是犬神的报应"、"这是自取灭亡的开始"之类的想法却变得更加强烈了。

我最终没再去上班。跟她白天黑夜在一起，我感到很痛苦。因此我上午去打预防针，下午特意不回家，而是去公园散步。她也没说要跟我去。一天晚上，我在日本桥附近的一个饭馆吃完饭，心情很好，我打算回家吓吓她。我悄悄地进了家门，光着脚来到起居室门口想吓她一跳。可往里一看，我顿时惊得目瞪口呆，手脚冰凉。

她像条狗一样，正低着头，"吧嗒吧嗒"舔着火盆里的灰！

我吓得转身要逃，可就在此时，她抬头看见了我，若无其事地用手巾擦了擦嘴，对我说：

"你什么时候回来的呀？最近我特别想吃烟灰呀、泥巴之类的东西，是不是怀孕了呀？"

听了她的话，我吓了一跳！原来怀孕时，女人的口味会变得很特别，会突然想吃一些平时连尝都不愿意尝的东西。这么说的话，前两天她自愿帮我吸血，恐怕也是怀孕的缘故吧？想到这儿，我放心了点儿。可从接下来的一刻起，恐怖感却层层包围住了我。要是她真的怀孕了的话，这岂不是我和她结婚的证据了吗？要是那样，我们本已命运多舛，还会陷入无底深渊呢。想到这里，我抬头看见门框上"金毘罗大神"五个大字，显得格外鲜明。

我的心情越来越沉重。她难道是真的怀孕了吗？她不会是和我一样遭到犬神的报应了吧？吸食鲜血，舔食烟灰，这些就是遭到报应的表现啊！我实在无法忍受了，心里焦躁不安，真想咬死她，然后自己也死了算了。

　　第二天，我打完最后一针防疫针后，忍不住问医生：

　　"大夫，今天我就打完预防针了，可我的心里却日益沉重起来。您能不能给我再采血化验一下？"

　　"采血化验什么呢？"

　　"我想知道我的身体里是否流淌着狗的血？"

　　"不像话！"

　　"我是认真的，拜托您给我化验一下。"

　　医生刚开始还以为我在开玩笑，后来，看到我一脸认真，才说道：

　　"好吧，我给你化验吧！要是被狗咬了的人带有和狗血相同性质的血液的话，那在医学界还是一大发现呢！"

　　边说，他边从我的静脉里抽了两克左右的血放在试管里。

　　第二天，在焦急地等待中，我又来到了研究所。医生一看见我，就非常认真地说：

　　"你终于来了，我可是有了一个大发现呢，先跟我到这边来……"

　　医生最后说了什么，我一点儿也没听进去。扔下吃惊的医生不管，我飞也似的冲了出来。万事休矣！看来我的血管里真的流淌着狗的血呢！这一结果被科学证明了。也不知是犬神家的人身上流淌着狗的血，还是被狗咬伤以后，我的血里出现了狗血变异的东西。总之我身上流淌着狗的血！光是这样想都能让大多数人的精神发生异常呢！现在稍微定下神来看的话，其实那时医生所说的大发现，可能指的是别的意思。可对当时的我来说，是无论如何也不会到实验室去看自己的血有如何反应的！当时我的心里，只是一味地想着，该如何让自己肮脏的血恢复得和别人的血一样干净。可我并非医生，我不知如何是好。我所能想到的唯一方法，就是使劲喝酒。

我开始不停地喝酒，在家里、在外面，都沉醉在酒里。刚开始时，一大量地喝酒，我就神奇地感到郁积在心头的不安，竟然一扫而空，同时也觉得自己身体里的血液在慢慢净化。可时间一长，酒的这些作用越来越小了。酒的效力消失的话，我就再也没有净化血液的方法了。我感觉自己身体里的血，正在以成倍的速度在污秽下去。

她和以前一样，仍然每天舔烟灰、吃泥巴。最近她更喜欢吃带腥味的泥浆。这肯定不是怀孕的表现，而是犬神的报应！哎呀！她原本就是一只狗！一只为了毁灭我而从天庭被派遣下来的狗！越这样想，我就越来越害怕接近她。后来甚至慢慢诅咒起她的存在来。她依然每天躲在起居间里，在"金毗罗大神"的横匾下挨着火盆做针线活。

有一天晚上，我喝了不少酒后，唯一的一次醉醺醺地回家了。进门一看，她正在用白布做着什么，我一进门，她马上把那个东西藏在身后。

"那是什么啊？"

说完，我靠近她，从她的手里把那个东西抢了过来。打眼一看，我马上就扔了它。那竟然是一只玩具狗。

我的心紧了一下。

"为什么要做这种东西呢？"

"最近，我突然喜欢起玩具狗来。这也很正常，我是狗年生的。你为什么看起来那么害怕它呢？"

说完，她为了取悦我，像以往一样搂住我，舔我的脸颊。那个时候，我异常害怕。因为她的舌头像狗舌头一样哗啦哗啦地响。这恐怕是这段时间她一直吃泥巴的原因，她的舌头舔东西的时候也开始哗啦哗啦地响起来了。那个时候我已无暇顾及其他事情了，脑子里面光想着她是一条狗。

我用力把她推开时，她冲我抿嘴一笑。那时她的嘴唇撅着，和狗的嘴一模一样。

我随手抓起插在火盆里裁缝用的小型熨斗，用力朝她的额头打了下去。一瞬间，像血一样的东西一下子飞溅了出来。令人感到奇怪的是，我并没有看到血流出来。只是在她默默地仰面倒下去后，黑颜色的血才从她额头的伤口流出来，慢慢淌到了榻榻米上。

我一下子回过神来，仔细一看，她的脸还是平时的那张脸，只不过是已经死了而已。我一边为自己的鲁莽行为悔恨不已，同时又有一种踏实的感觉奇妙地从心底油然而生。这时我才慢慢恢复了理性。

我把她的尸体放进洗澡桶里，盖上盖子，回到客厅兼起居间一看，从她额头流出来的血迹变成了一只狗的模样，就像用红色的颜料在榻榻米上画的一样。看到这儿，我全身的冷汗滴答滴答直往下流。我立刻提了桶水来，先把那块儿应该诅咒的图形擦洗掉，然后环顾四周，意外地发现除刚才的血迹外，没有一处飞溅出来的血迹。榻榻米上拉门和拉窗上都没有发现任何血痕。

接着，我用了三天时间，分解了她的尸体，并且在烧洗澡水的灶膛里烧掉了。到了晚上，不知道从哪儿跑来的一群狗聚在一起不停地叫，但幸运的是，没被任何人盘问，直到我完全处理完尸体。就连灶膛里的灰烬我都收拢在一起，全部撒到了屋后的田地里。并且用抹布把榻榻米和洗澡桶擦了一遍又一遍。我觉得不管谁来调查也都不要紧了。

果然在第四天早上，三名警察来到我家，出示了搜查令后要搜查我的家。可能是邻居们对我家门前的狗叫声产生了怀疑，警察们才来的吧。我用连自己都佩服不已的沉着态度，把他们请进家，并且告诉他们，我同居的女友前些天突然出门之后就再没回来。警察们询问了我很多事情，另外还去调查洗澡间炉膛里的灰了，不过他们不可能找到任何证据。之后，这三名警察一起边笑边嘟囔着什么，拿出放大镜来，检查了一遍起居室的榻榻米。他们的努力白费了，最后空手而归。

突然，我觉得胸口憋闷，有点儿想轻微呕吐的感觉。于是，我把注意力从他们身上移开，独自坐在火盆前，无聊地把火盆里的灰拨来拨去。

我突然发现，刚才那三名警察嘟嘟囔囔的说话声消失了，周围安静得让人害怕。我感觉事情不妙，抬起头来一看，那三个名警察正站在"金毗罗大神"横匾下面，就像欣赏飞机翻筋斗一样凝视着横匾上的一个点。

我起身来到他们三人身旁，也观察起匾上的字来。

就在那时，我大吃一惊！我感觉全身发软，几乎要崩溃了。原来"金毗罗大神"的"大"字，奇妙地变成了"犬"字。而且"大"字多出的"、"，毋庸置疑，正是黑紫色的血痕。现在想起来，当时我用熨斗击中她额头的时候，只有一滴血飞溅出来，落在了"大"字旁边。而我当时竟疏忽大意，没有看到。

我"嗯"的呻吟一声，当场晕了过去。

遗传

遺

伝

"你问我为何立志要当一名刑法学者？"四十刚出头的K博士说道，"简单说来，全拜我脖子上这伤疤所赐。"

他指着自己颈部正面左侧的一个二寸见方的疤痕。

"是因为淋巴结核手术留下的疤痕吗？"我随口问道。

"不是的。这话要说起来还真不好意思。……简单说吧，我这是因感情而被迫自杀留下的疤痕。"

听了他的话，我吃惊得无言以对，直直地盯着他。

"看你，不需要这么大惊小怪吧！人年轻的时候都会发生很多事情的。那时候人的好奇心太强，有时候这种好奇心会引发祸端的。我的这个伤疤，就是年轻时好奇心太强的见证。

"我起初接近一个名叫初花的吉原名妓，也是受好奇心的驱使。可和她熟稔之后，我对她的感情就超越了好奇心，渐渐陷入一种奇怪的状态中。这种状态可无法用'感情'这两个字来概括，或许可以说是一种气势吧。她长得非常漂亮，虽被称为'妖妇'，但我还是不由得想见她。那时我有一种很奇怪的心理，'这种女人我要是能征服的话就了不起了。'当时她恰好十九岁，我是一个刚从大学毕业的文科大学生，按照旧时的说法，这一年刚好是我俩的厄运之年。

"开始的时候，她对我不屑一顾。可人的命运真是难以捉摸，渐渐地，她竟然真正地爱上我了。有一天晚上，她把自己从未与人言的身世告诉了我。那真是一个令人悲伤的故事，我听了以后，很同情她，但更多的是这个故事激发了我的好奇心。正是这好奇心，导致我们俩陷入了危险的深渊。像你这样的年轻人，肯定有和我相同的心境吧！

"说起她的身世，其实是很简单的一件事。原来她从小和老母亲在小山村相依为命，在她十二岁时，老母亲离她而去。老母亲临终前用痛苦的喘息声告诉她一个惊人的秘密。'我其实不是你的母亲，你的母亲才是我的女儿，所以我是你的外祖母。当你还在你母亲肚子里时你父亲被杀害了，你母亲在生下你一百天后也被杀死了。'她虽是一个孩子，可听了这话也不由大吃一惊，忙问父母是被谁杀死的，可外祖母只是动了动嘴唇，什么话也没说出来，就这样断气了。

"从那时起，她就暗下决心，一定要找到杀死自己父母的凶手，替他们报仇。可是她连自己的出生地和本名都不清楚，根本无法找到凶手，于是自然就慢慢仇恨起周围的所有人来。自从外祖母去世以后，几年间她历尽千辛万苦，饱受世态炎凉，最终诅咒这个世界的心理就爆发了出来。她之所以甘愿卖身为妓，据说也是为了将世间男子玩弄于自己的掌心，满足自己报复社会的心理，并以此来慰藉父母的在天之灵。这真是一种奇怪的供养法呀！

"知道了她的身世之后，我马上下决心要帮她找出杀她父母的凶手来。这看起来像是我在同情她的遭遇，其实是我想搞清楚事情真相的那种侦探式的精神驱使我这样做的。不过，不论多么有名的侦探，要在这种情况下帮她找出杀害她父母的仇人，恐怕都是很困难的。我从她的叙述中，隐约感觉到她外祖母临终前的那句话，应该是条线索。我嘴里不停地重复着'当你还在你母亲肚子里时你父亲被杀害了，你母亲在生下你一百天后也被杀死了'这句话，几乎都到了废寝忘食的地步，特别是对'一百天'这个词一连思考了好多天。

"从她不知道自己的姓氏和出生地这一情况来看，我能推测她和外祖母是因故被迫背井离乡的。而且她外祖母直到临死前才告诉她父母被杀的事情肯定是有某种原因的。还有，在她的追问下，外祖母临终前也没有告诉她杀死父母的凶手到底是谁。从这一事实来看，外祖母不愿告诉她这种解释也是可以成立的。综合这些情况，我推测出一个可怕的事实。为了印证这一推测，我迅速到图书馆去调查旧刑法的内容。

"于是，通过某一条款的内容，我确信自己的推测是正确的。也就是说，我知道了杀害她父亲和母亲的凶手是谁。不过，这事实在有点太出人意料，以至于我都不敢告诉她。

可是越这样想，我心里想早点儿告诉她完整真相的念头就越强烈。这或许还是人在年轻时的好奇心在作祟吧。最后，在考虑了许多种方法之后，我终于想到了一个好办法。不过，这个办法必须在和她见面之后才能实施。

"推测凶手和去图书馆花费了我大约两周的时间。这天晚上，面对我的突然造访，她满脸愠色，质问我道：'你是不是知道了我的身世后，嫌弃我，就不来找我了？'我告诉她：'这些天我一直在帮你查找杀害你父母的凶手。'听了我的话，她哭喊着叫道：'你骗人！你瞎说！你要是抛弃我的话，我就不活了！'看见没办法，我顺嘴说道：'凭这个证据，就可以知道凶手是谁！'

"接下来，你们应该能猜出她是如何死缠着我，让我告诉她真相的情景了吧。没办法，我从笔记本上撕下一张纸，把我找到的刑法条文用铅笔写下来扔给了她。我想只要她看到就会明白的。

"谁知，她急切地看了这张纸片后，不知为什么，三下两下就把它揉成一团，之后突然微笑着看着我。我看得都目瞪口呆了。

"上床一番温存之后，她反复追问我道：'不管我卑贱与否，你都不会抛弃我吧？'我觉得这可能是她知道杀害她父母的凶手是谁了以后的一种本能反应吧。想到这儿，我对她的爱恋之情突然强烈了起来。真是难以想象，我竟然用以前从未有过的温柔口吻真心地安慰她。在我的安慰下，她安心地睡着了，之后我也沉沉地睡了过去。

"几个小时后，我在睡梦中突然感到脖子的部位火辣辣地疼，一下子就从床上跳了起来，可不久后又再次昏了过去。等我再次醒来睁开眼一看，发现自己已经躺在了白色的病床上，护士正在一旁照看着我。

"之后，我才知道了事情的原委。原来在我熟睡以后，她用剃须刀划破我的喉咙，然后自己也割断颈动脉而自杀身亡了。她自杀时，左手紧紧握着我给她写的刑法条文字条。原来，她一开始并没有读懂这个字条的内容。在我入睡以后，她请房东帮她念了字条的内容后，才完全明白这款刑法条文的含义。同时她也察觉到杀死她父母的人是谁，并且对自己的身世开始充满恐惧。一想到我无论如何也不会喜欢她的，于是她把心一横，打算让我也以死殉情。"

K博士稍事停顿后，又接着说：

"你大概也明白了吧？我其实是这样推断的：她的父亲被他怀孕的妻子——她的母亲杀害。她母亲生下她之后，也被绞刑处死。她富有遗传性的悲惨命运，最后让我下决心成为一名刑法学者。并且呢……"

K博士说着，从身旁的桌子抽斗里取出一片皱巴巴的纸片。

"请看，这就是被她紧握在手心的那张恐怖的小纸片。"

我接过纸片一看，上面是模糊的铅笔字迹。

"被判处死刑的妇女如果怀孕的话，应停止执行死刑。在其分娩一百天后再执行死刑。"

手术

手術

　　某月某日，我家举行了"侦探爱好之会"的例会。那是
一个酷热的夏夜，参加者有五个男的，三个女的，再加上我
正好是九个人。我们在黄昏的灯光下，一边吃着深红色瓜瓤
的西瓜，一边开始讲和犯罪、幽灵等有关的话题。

　　"不管怎么说，我们九个人聚在一起也真有意思。在西
洋传说中，有一个特别喜欢数字九的女妖婆。"

　　精通西洋文学的公司职员N氏说道。

　　不知不觉，大家都沉浸在奇谈怪论的气氛当中。"女妖
婆"这个词，比平时任何时候都更加吸引人。

　　N氏接着说：

　　"在莎士比亚的《麦克白》中，三个女妖婆煮毒粉的一
幕让人觉得非常恐怖。作为毒药的一种成分，女妖婆们要将
一头吃掉九头小猪的母猪的鲜血放入锅中煮。看来很单纯的

猪类也会自相残杀，这让人觉得心里很不是滋味儿。"

N氏的话，让大家都觉得现在的九个人就好像九头小猪，而要来吃我们的人却和故事里的不同，不是母猪而是女妖婆。

这时，律师S氏建议道：

"既然说到了自相残杀，不妨我们就一起来说说人类的自相残杀吧！"

我说："好建议！大家觉得怎么样啊？"

"同意！""太好了！"大家都纷纷表示赞成。

于是我接着说道：

"按照就近原则，咱们就请S氏先说吧！"

S氏挠挠头说："真不该说刚才那些话呢！"

他嘴上这么说，可还是认真地讲了起来。作为一名法律工作者，他非常清楚穗积博士《隐居论》上刊登的一些人吃人的故事。他井井有条地告诉大家，老人隐居是源于"人吃人"这一风俗习惯的。

接下来轮到我了。我举了很多例子说明性变态狂和人吃人之间的关系。像男人杀了自己的恋人后，挖出心脏，捣碎后包在包子里吃这类故事，要是放在平时讲的话，人们肯定不会大惊小怪的，可在今晚，就连破窗而入的潮湿空气也让人觉得像是充满了血腥的味道一样。

接着是大众文艺作家K氏讲的文艺作品里出现的人吃人的现象。之后的男男女女所讲的故事都很有意思。最后轮到C小姐了。C小姐在几年前一直从事医院的护士工作，不知何故现在却转行做了打字员。

"接下来该C小姐了。"我宣布完后，C小姐先叹息了两三声，最后下决心道：

"我还是告诉大家比较好。其实我辞职不做护士的原因和一个人吃人的事有关。不过，这个故事在一般女士面前有点儿说不出口……"

"没关系，请讲出来吧！"听了她的话，另外两位女士异口同声地恳求道。

于是C小姐便开始平静地讲起了下面的这个故事。

此时我从敞开的窗户眺望外面的天空。位于西南方地平线附近的蝎子座星星显得异常明亮。

这是发生在某某医科大学或者某某医学专科学校的事情。当时我是妇产科教研室的护士，负责的不是接待患者的工作，而是在手术室给医生递纱布和手术工具等工作。

教研室主任T老师，当时四十岁上下，还是单身。在妇产科手术方面，他的水平可以说是屈指可数的。再加上他能说会道，在学校内外的评价都很高。虽说再有名的医生也会有误诊的时候，可因为T老师平时就是一个非常严谨的人，所以他很少误诊。即使是误诊，也不会危及患者的生命。

可就是这位T老师，不知为什么，就像被恶魔迷住了一样，出现了一次让人震惊的误诊。因为这次误诊，这位老师最终丢掉了性命，而我也放弃了护士这份职业。

那是有一年夏天的事。每年夏天，妇产科教研室都会举办暑期妇产学讲习班。那一年夏天也有二十五六个人的学员。这些学员，其实都是在市内或近郊行医的医生，每个人看起来都相当有经验，所以T老师比平时更小心，做手术时，对我们的准备工作监督得也更为严厉。

有一天，T老师通知学员，他要给一位患子宫纤维囊肿的患者实行子宫摘除术。这位患者是一位二十五岁的未婚女性，她在三个月前因停经、身体虚弱而前来就医。经T老师诊断后，发现她子宫内壁有纤维囊肿，必须要将子宫全部摘除。最后患者也下定决心，决定接受这个大手术。

正如大家所知道的那样，子宫摘除手术有两种方法，一种是从腹部开刀摘除，另一种是从局部开刀切除。为了给学员演示，T老师选择了后一种方法。我们也着手开始准备。手术室的中央摆放着手术台，离手术台一间半左右的地方是学员们的见习台。为了能看清楚手术台，学员们的见习台就像罗驮剧场一样，一个台阶一个台阶，越往后越高。于是二十多个学员在见习台前围成一个椭圆形，等待着T老师的临床讲解。

手术开始前，T老师领着患者来到手术室，大概介绍了一下患者的病例，以及诊断为子宫纤维囊肿的理由。和平时一样，他口齿清晰，语言流利。介绍了大约半小时后，他让患者去了另一个房间。按照顺序，患者要在另一个房间被充分麻醉后，然后被再次推到手术室进行手术。

不久，患者被推进了手术室。她被抬上手术台后，我就忙碌起来了。T老师及各位助手照例都戴上白色的帽子，嘴上戴上白色的口罩后准备开始手术。先由助手们对手术局部进行严格的消毒。接着T老师为了进行手术，用特殊的手术工具把子宫拖了出来。按照程序，T老师要用手仔细触摸患者病灶部位进行检查。

如果是以前，此时T老师应该给学员进行仔细讲解。虽然我不大懂，但好像每次他都会反复说子宫纤维囊肿形成时的特征是子宫会变得像苹果一样硬。

可是这一次，T老师用手触摸了一会儿患者的病灶部位后，嘴里说的话便开始前言不搭后语了，到最后甚至一句话也不说了。他凑到拖出来的东西跟前，就像用显微镜观察东西一样紧紧地盯着看。眼看着T老师脸上的疑云越来越重，额头上的汗珠就像橄榄油一样渗了出来。那时T老师的感觉，可能就像夏日的黄昏，本以为手里握着一块石头，而其实是一只蛤蟆的感觉一样。之所以这么说，是因为和T老师预期的不同，当他用手去抓的时候，患者的子宫却像漏了气的皮球一样瘪了进去。讲习班的学员们不知道发生了什么事，一个个就像斗鸡盯着眼前鸡蛋大小的蜗牛一样，伸长脖子，屏息静气地看着。

大家都知道，手术室里几乎是没有灰尘的。可在当时，手术室里却安静得连一粒粒灰尘落在石板地上的声音都听得清清楚楚的。不久，T老师的手颤抖了起来，不过他终于鼓足了勇气，一声不吭地迅速从子宫上抓走了一个带着血的白色块状物，并且转眼之间把这块状物牢牢地攥在了右手里。不要说讲习班的学员们，就连旁边的助手们也搞不清楚那是什么。他们可能认为那是子宫上形成的病灶囊肿吧！

可是！可是！

不幸的是，我却看清楚了那是什么东西。或许那只是我的错觉，直到现在我也宁愿认为那是我的错觉。不过，那时映入我眼帘的的的确确是一个很小的、但已初具人形的三个月大小的胎儿！我惊呆了，感觉四周一片漆黑，差点儿昏倒在地。这时T老师用奇怪的口吻冲着首席助手说的一句话惊醒了我。

"手术已经做完了，剩下的你收拾一下。"

话音刚落，T老师就用沾满鲜血的手紧握着那个谜一样的东西，扔下我们匆匆离开了手术室。

"这就是子宫摘除手术？！"

讲习班的学员们一个个面面相觑，就像被施了魔法一样。

不久，患者子宫开始大量出血。首席助手是个沉着冷静的人，他迅速采取了应急手段，但血却怎么也止不住。于是他让我们把T老师赶紧叫回来。因刚才吃惊过度，我晕晕乎乎地就像做梦一样来到了T老师的房间，可他不在。于是我开始在妇产科教研室的房间一间一间地找。最后在楼尽头的图书室找到了他。T老师满手鲜血，坐在椅子上正在看书。听到我的脚步声，他猛地抬起头，冲我咧嘴一笑。

哎呀！那个时候T老师的那张脸呀！

　　T老师的嘴角沾着血，牙龈和牙齿也鲜红鲜红的，就像画里张着血盆大口的魔鬼出现在我眼前一样。我吓得神志不清，一下子就昏倒在图书室门前。

　　说到这儿，C小姐停了下来。我们大家咽了口唾沫，着急地等着她继续往下讲。

　　"我的故事就到此结束。那天夜里，那名患者就因身体衰弱而死亡。T老师之后在精神科病房住了很长一段时间，直到前几年流行感冒蔓延时因肺炎而孤独地去世了 。

　　"最后的问题是，看到T老师从患者的腹部取出胎儿以及他满嘴鲜血的样子，这些到底是不是我的错觉呢？即便他取出来的不是胎儿，可T老师出现误诊却是事实。而且之后他为处理那个谜团一样的病灶组织而发愁，最终选择吞进自己的肚子里这一最安全的方式也是事实。

　　"自从这件事以后，我开始讨厌护士这个职业，就转行从事现在的职业了。"

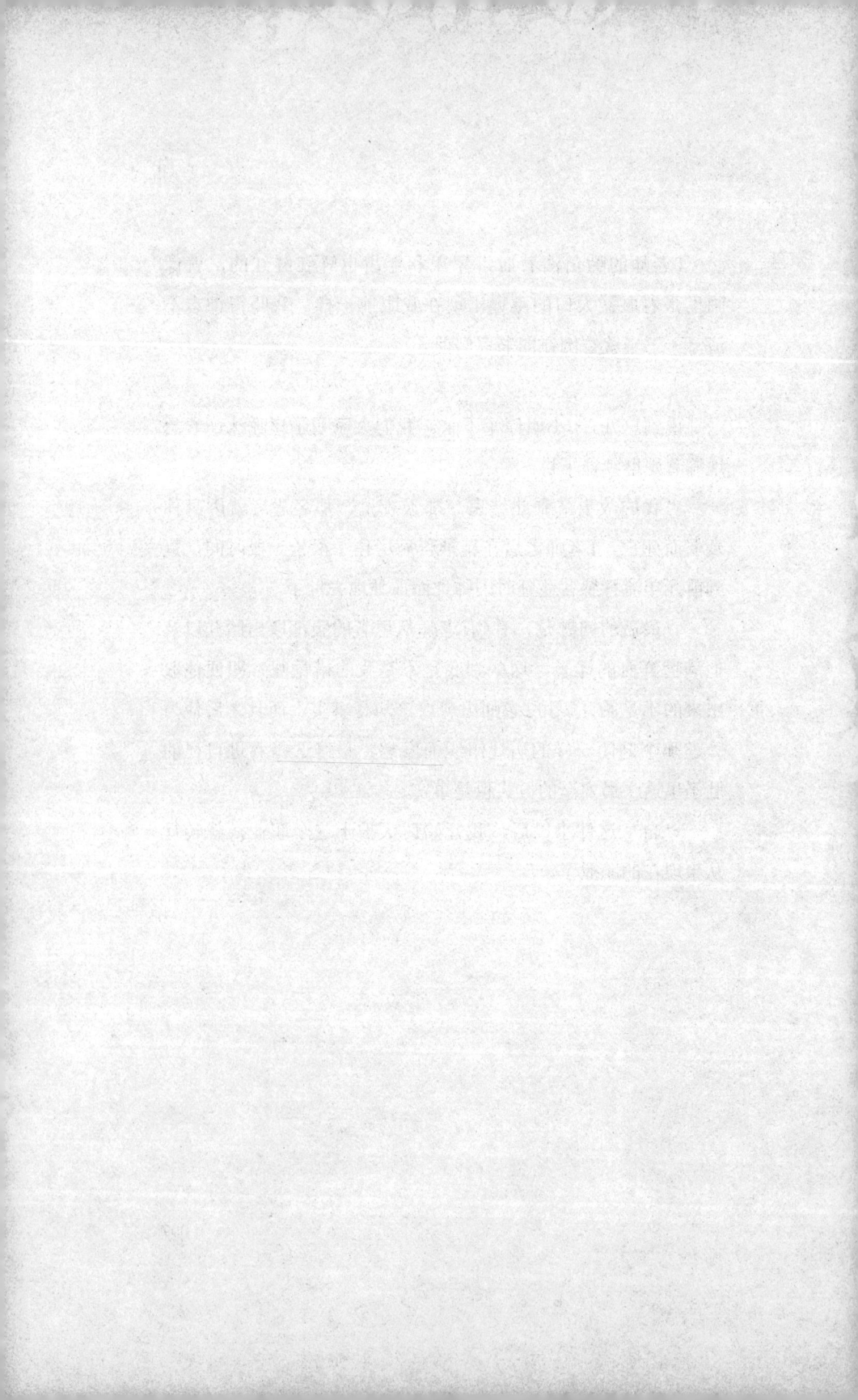

肉瘤

肉腫

一

　　"很遗憾，事到如今已经晚了，现在已没有任何办法了。"

　　我盯着这个光着上身的男人说，他臂膀上的恶性肉瘤有婴儿脑袋般大小。

　　"我也不抱什么希望了。"

　　男人坐在椅子上，用很细但很有底气的声音回答道。

　　"半年前要是遵照您的吩咐，下决心截了这只胳膊的话，我应该能保住这条命的。可像我这种体力劳动者，要是失去右胳膊的话，和丢掉性命有什么区别啊！为了想方设法治愈我的病，我曾求神拜佛，到各地温泉去洗浴，可身上的瘤子却还是一味疯长。这样下去可不行，这样下去就没命了。"

　　他的妻子站在旁边，"吧嗒吧嗒"地不停掉着眼泪。夏日午后湿热的空气，伴随着聒噪的蝉鸣，从开着的窗口涌了进来。我站在这个男人身后，看着像人脸一样的肉瘤上，到

101

处都是红色的溃烂，就跟火山喷发口似的。这肉瘤随着男人褐色皮肤下肋骨的运动，不停地颤动着。看到这里，我竟不知如何来安慰这个男人。

这个男人也不看我，就一直低着头继续说道：

"大夫，我有一个夙愿想对您说。"

我坐到病人前面的椅子上，回答道：

"是什么愿望呢？我会尽力帮助你的。"

病人的呼吸突然急促了起来。

"您愿意听吗？真是很感谢。"

他向我鞠了一躬，然后说道：

"不是别的愿望，就是想请您帮我把这个肉瘤摘掉！"

说完了这句话，他才在我的面前抬起头来。

听了他的话，我很吃惊，一直凝视着他的脸。

这男人刚三十出头而已，可看上去却满脸皱纹，就像六十多岁一样。他深陷的双眼里，满是焦急和不安。

"不过……"

"您不用担心。我并不是为了治好病才让您给我摘除这个肉瘤的。我只是想惩罚这个丑陋的畜生才请您这么做的。它占据了我的右臂，让我在这半年里不分昼夜地受尽折磨。只要大夫您能从我身上把这个畜生切掉，我就心满意足了。不过有可能的话，我还想亲手狠狠地把它剁得粉碎！您只要能满足我这个愿望，我也就死而无憾了。求求您，大夫！这可是我这辈子唯一的愿望啊。"

病人合掌作揖祈求我道。他勉强能活动的右手，只有左手一半粗细。看着病人羸弱的身体，我觉得不要说动手术了，恐怕就连麻醉他也是受不了的。于是我坦言道：

"我以前也对你说过，这是一个长在肩胛骨上的肿瘤，如果要摘除它的话，将是一个大手术。不光是肩膀上的骨头，整个右臂都必须要切除掉。像你身体这么瘦弱，要是在手术时出现意外可就麻烦了。"

听了我的话，病人闭着双眼沉思了一会儿，之后冲着他的妻子说：

"阿丰，你做好心理准备了吧？即便我在手术中没命了，你也给我一直盯着，直到这个畜生被摘掉。这可是我的心愿呀！你也替我求求大夫吧。"

他的妻子啜泣着，她用手帕不停地擦拭着眼泪，只是默默冲着我鞠了一躬。我有很长一段时间都不知道该如何回答他。对我来说，一方面给没有治愈希望的病人做手术是违背医生职责的，可另一方面从人性的角度来看，满足一个病人的纯洁愿望又是理所应当的。更何况这个病人再怎么撑也撑不过一个月了。要是病人能坚持做完手术，看到这个可恶的肉瘤被摘除下来的话，对他来说也许是一个极大的安慰呢。想到这儿，我坚定地回答道：

"好吧，我按照你的希望给你做手术！"

二

"你醒了？太好了！太好了！手术很顺利，你放心休息吧！"

第二天上午，听说手术以后患者已经从麻醉中醒过来了，我马上就到病房来安慰他。他满身缠着纱布，只露着苍白的脸。围在病床旁的他的妻子和护士都不安地看着他。

"太谢谢您了！"

浑身散发着氯仿气味的病人说。

"请不要说话！"

给护士交代完需要注意的一些事情后，我转身正要离开。

"大夫！"

病人突然喊道。这声音铿锵有力，绝不像一个刚从麻醉状况下醒过来的病人的声音。我停下了脚步。

"能让我看看那个肉瘤吗？拜托了！"

我吓了一跳。我很吃惊病人竟然有这么大的精神头，同时更为他的执著吃惊不已。

"过后再好好看吧，现在你不能动！"

"请现在就让我看看吧！"

病人一下子抬起头恳求道。我赶紧伸出双手制止他。

"不能动！动得太急你就会昏厥的！"

"既然这样，那就请让我在昏厥前看上一眼吧！"

我感到一种无形的压力。不过既然我都给他做了不该做的手术了，那现在就更无法拒绝他要看看切除下来的肉瘤这一要求了。于是我让护士把刚才摘除下来的肉瘤拿过来给他看。

不一会儿，护士就捧着一个直径二尺见方的、被纱布裹着的椭圆形搪瓷铁盆进来了。病人看见后对他的妻子说：

"阿丰，扶我起来！"

"不行！不行！"

我赶紧大声制止道。可病人却像一个不听话的孩子，说什么也不听。把他扶起来真的会很危险，可我明知道很危险却不得不听从于他。

他右肩到左腋下的前胸部全缠着绷带，我只好轻轻地把手伸到他的背部，小心翼翼地把他从床上扶了起来。这样做也是为了避免出现脑部缺血。病人或许太过紧张了，他看起来反倒很平静，只不过额头上渗满了汗珠。

我让护士扶着他的身子，然后把搪瓷铁盆轻轻放在包着他两腿的白布上，然后解开了包裹的白纹布。盆里放着一个血肉模糊的生物尸体般的东西，肩胛骨上长出来的肉瘤是脑袋，躯体分别是五根手指、手掌、前臂、上臂和肩胛骨。看到这些，病人看起来非常满足，就像看到无力抵抗的仇敌一样，喉结一动一动地。他的眼睛死死盯着肉瘤，就像没看见上臂以下的部分一样。

他默默地看了三分钟左右，呼吸突然变得异常急促起来。病房到处弥漫着碘伏的气味。

"大夫！"他声音颤抖地叫道。

"请借我用一下做手术的小刀！"

"啊？"我吃了一惊。

"你要干什么？"他妻子满脸疑惑地盯着他的脸问道。

"不用你管！快点儿，大夫！"

我机械地听从了他的命令。两分钟后，我从手术室里取来了银色的手术刀放在了搪瓷铁盆上面。

接着，他突然伸出左手，紧紧抓住那个肉瘤。他双眼就像鸽子的眼睛一样熠熠生辉。

"嗯，凉冰冰的，已经死了？"

边说他边把头转向了他的妻子。

"阿丰，把这个绷带解开，帮我把右手掏出来！"

听到这突如其来的一句话，我不禁打了一个寒战。一阵急剧的战栗传遍了我全身。

"啊！你……"他妻子话到嘴边又咽了下去。

之后是十秒钟左右可怕的沉默！这十秒钟病人已经清楚地意识到了自己的右手已经被切除的这个事实。

"噢，噢……"

他嘴里发出的不知是呻吟声，笑声还是咳嗽声。突然他嘴唇发紫，一下子无力地靠在了护士的胳膊上。他的左手跟着身体向后移动，可是手指却还深深地嵌在那个肉瘤的组织里不放，因此那只被切断的右手就从盆里被一下子拖到了白布上面。

五秒钟后，随着他临终前的痉挛，那只右手也在白布上跳跃，喷得周围一片血迹斑斑。

安乐死术

安死術

在正式讲这个故事之前，我想先说一下什么是安乐死。其实，安乐死的意思并不难，就是它的字面含义"平静的死亡方法"。它是英语Uthanasia翻译过来的。所谓"平静的死亡方法"，不用说，指的就是让身患绝症的病人在濒临死亡时免受无尽的痛苦，利用注射药物或其他方法，尽量减少病人的痛苦，让病人在安乐中死去。据说——这种方法竟然在罗马帝国时代就已经非常盛行了，托马斯·莫尔在《乌托邦》中也描述了通过安乐死让人死亡的事情。我不知道日本自古以来有没有人探讨过安乐死，但被迫施行安乐死的医生肯定不在少数。

我从T医科大学毕业后的两年间，一直在内科教研室B老师的指导下进修。之后我回到家乡美浓深山的H村，在那里开了家诊所。朋友们都劝我在东京开业行医，可我压根儿就不喜欢城市的氛围，最终还是选择了悠闲的山村生活。在这个偏僻的小山村里有学问的人很少，所以我诊所的生意十分兴隆，就连十里以外的病人都会专门赶来看病。我每天骑着马，往往要走两三里地去给病人看病。

在内科教研室实习期间，我亲眼目睹了许多临终前的病人，由此开始认真考虑安乐死的事情。我常常想，在身患绝症的病人临死之际，通过注射樟脑液等强心剂，让病人逐渐衰弱的心脏勉强兴奋起来，无端延长患者的痛苦，果真是恰当的做法吗？在癌症患者临终之际，给他服用大量的吗啡，完全消除他的痛苦，让他平静地像入睡一样死去，这对患者来说可是功德无量的事情呀！其实，急性腹膜炎患者的痛苦，是让人惨不忍睹的。看着病人在床上翻来覆去，呻吟挣扎的样子，要是不狠下心来的话，你是绝对做不出给他注射强心剂这一决定的。又如，患上脑膜炎后，病人会意识全无，只能感觉到剧烈的疼痛，生还的可能性微乎其微，所以让病人早点儿安详地死去，也是符合人道主义的。

我想人之所以害怕死亡，最主要的原因是畏惧临死前的痛苦，即所谓的"临死之苦"吧。如果没有临死前那种无法诉说的痛苦的话，人们就不会那么畏惧死亡了。很多老人都会反复说想得脑溢血之类的病猝然死去。人越临近死亡当然就越容易想到死的事情，考虑到死亡这个事情的时候，老人们肯定都是愿意安详地死去的。据说罗马的奥古斯都大帝在临死前也大叫"让我安乐死！让我安乐死"，如果换作是我自己，得了不治之症后，在临终前剧烈的疼痛来临之时，我肯定也会选择安乐死这种方式来逃避那种疼痛的。很多情况下，其实是病人的家属实在不忍心看着病人那么痛苦，他们会请求医生：既然已经无法治愈了，还不如让病人少受病痛的折磨，早点儿安详地死去为好。有时也会有病人亲自恳求医生让自己早点儿死去。这些例子以前是很常见的。

可是现在的医生，根据法律不会随便让病人在任何情况下死去的。也就是说，如果医生故意施行安乐死术的话，是要受到相当严厉的惩罚的。所以任何一位医生，在明知只会徒增病人痛苦的情况下，也只能尝试用注射樟脑液等方法，尽量延长病人十分钟、二十分钟毫无意义的生命。所以可以说，按照"临终前要注射樟脑液"这一无意识的惯例，不顾患者痛苦的做法，是现今医生们的一大通病。不过，这不是医生的问题，而是法律存在问题。当然，有的病人通过注射樟脑液而奇迹般地活了下来，因此可能有人会反驳我说，为绝望的病人尝试注射樟脑液的做法难道不是医生的职责吗？可我认为，要不要注射樟脑液要根据病人所患的疾病来决定。对急性肺炎患者使用樟脑液会有奇效，可对恶性肿瘤患者来说，就不会有奇迹出现了。而且患恶性肿瘤的病人会伴有剧烈的疼痛，如果你亲眼看到病人那种疼痛难忍的样子的话，你无论如何都不会无动于衷的。据说在欧美各国，因人们不忍看到用于医学研究实验的动物遭受巨大的痛苦，都出现了所谓的反对生体解剖运动。特别是在英国，除非获得许

113

可，一般对动物施行手术时必须要在麻醉状态下进行。就连动物的苦痛都会引起人们的注意，人的苦痛当然就更需要医生们的注意了。既然消除病人的苦痛是医学的目的之一，我认为医生就应该通过研究分析来实施安乐死术。

不过，我在内科教研室进修期间，一次也没给病人实施过安乐死。这是因为，要是违背法律实施安乐死而被发现的话，我个人倒无所谓，关键是会牵连到以B老师为首的全体教研室的同事们。因此，尽管我内心并不愿意那么做，可还是和其他医生一样狠下心来让患者承受无意义的痛苦。这样的事情越多，我内心就越想尽快离开这个都市，以便按照自己的良心自由地行医。况且，我的母亲还一个人在家乡孤独地等着我回去，所以两年的进修时间让我觉得非常漫长。

我终于回到了深山里的故乡。诊所一开张，我就偷偷地给很多病人尝试实施了安乐死。几乎所有的病人死之前都非常痛苦，可当我给他们注射了大量的吗啡后，不一会儿，他们就会沉沉地睡去，就这样完成了所谓的大往生这一心愿。当然，我会事先告诉病人家属：病人的病已经无法医治。我会尽量减少病人的痛苦，采用合理的方法不让病人多受一分钟折磨。征得病人家属同意之后，才给病人注射吗啡。看到病人神情安详地在睡眠中死去，病人家属都会说，病人临终前很轻松，这是对病人的最大安慰。说来也很奇怪，这样的事多了以后，大家对我的评价都是："那位医生真的能让人轻松往生！"而我的诊所也随之热闹了起来。西洋有句谚语说"庸医杀死人，良医医人死"，的确如此。我现在深深体会到，让病人在安详中死去的医生也会成为名医。这真是一个奇怪的现象，本来医活病人的医生才是名医，现在让病人死去的我反倒也成了名医，这都让我有些不好意思起来。同时这也让我觉得人的心理可真是难以捉摸！

有了这种评价后，为了不让患者遭受病痛的折磨，我更加频繁地实施起安乐死术来。不过，给病人实施安乐死这件事我对自己的家人还是严加保密的。就这样平安度过了九年时光，直到有一天，因为一件事，不仅彻底否定了我主张的安乐死，还让我完全放弃了从医这一职业。你说什么？你是不是说因为我实施安乐死被发现了？不，不是的！你就从头慢慢听我说吧。

要说这件事，首先必须从我的家庭说起。我在乡下开业行医的同时，和同村一个远房亲戚家的一个姑娘结了婚，并在第二年有了一个名叫义夫的男孩儿。但不幸的是，生下义夫一年之后，我的这位妻子就因伤寒去世了。什么？你问我那时给我妻子实施了安乐死没有？没有！因为我妻子患的伤寒特别严重，她在意识不清的情况下毫无痛苦地死去了。妻子去世后，我的母亲一直替我照顾义夫，我也就一直没有再成家。直到义夫七岁那一年，我的母亲因脑溢血去世了。此后不久，我因为一个人带着孩子很不方便，于是在别人的劝说下和家乡附近O市的一个女人再次结了婚。在这儿夸奖自己的儿子有点儿不太好意思，但我儿子义夫的确非常聪明伶俐。当时我还担心在后母的照料下他的心理会不会产生阴影。好在我的第二任妻子很心疼义夫，义夫也像对待亲生母亲一样敬爱她。大概有一年的时间，我们每一天都生活得快乐平静。家里除了我们三个人以外，还住着一名护士，一个女佣，还有一个马夫，他们全都是性情和善之人。所以我们家很幸福，每天都充满着明媚的阳光。

可这个和睦的家庭，却突然间遭遇了一场暴风雨的袭击。要说原因的话，就是因为我那第二任妻子的性格突然间发生了巨大的变化。首先，她的嫉妒心越来越重。看到我和女护士或女佣说话时间稍微一长，她就直接冲我和那两个女人发脾气。接着，对义夫也越来越刻薄。只要义夫有一点儿过失，她便对他大发雷霆。我原以为这只是因为妊娠反应而暂时出现的心理变化，过一段时间后就会平静下来的，所以一直尽量忍耐着。可她歇斯底里的举动却日渐增多，到最后，甚至冲着义夫大喊："像你这种顽皮的孩子给我去死吧！"尽管这样，义夫依然顺从着她，讨她的欢心，让人在一旁看着都会心疼不已。女佣和马夫如果同情义夫，在旁边护着他的话，反而会让妻子更为恼火。不久她便开始因小事扔东西砸义夫了。我很心疼义夫，可想来想去，觉得只要忍受到她分娩就会没事的，所以还悄悄对义夫解释说："不论妈妈再怎么说你，你都一定要对她道歉说'请饶了我'！"义夫认真地遵从着我的嘱咐。这对孩子来说，内心是多么痛苦啊！幸好那时义夫开始上小学了，有了和后母分开的时间，这对义夫来说，真的算是一件好事了。

义夫的学校位于离我家五町远的地方。因为途中有一个十丈深的悬崖，所以义夫上学的第一个月，我让女佣阿清每天去接送他，之后的日子他便开始一个人上学了。每天傍晚，我出诊回来时，听到马蹄声，义夫便会兴高采烈地到门口来迎接我。每次看到义夫那天真无邪的笑脸，再想想妻子对他的冷漠无情，我的心里就难过得不得了。

事情就发生在那一天。那是梅雨季节一个阴沉沉的日子。就像石川啄木的诗"望着那昏沉沉的、阴暗的天空，我似乎想要杀人了呀"中所说的一样，那天让人感觉心情沉重；笼罩山顶的厚厚的乌云，就像恶魔吐出的毒气一样，空气里到处都弥漫着毛骨悚然的气味。那天我依旧到很远的地方去出诊，直到下午五点才满身疲惫地回来。可令我纳闷的是，那天并没有看到义夫到门口来迎接我。因为马夫前一天回老家探望生病的母亲，不在我身边，所以我自己到马厩拴好马，刚走进家门，就看见妻子从里面冲了出来，气呼呼地说：

"你看看，义夫这家伙顽皮不顽皮，光顾着玩儿，直到现在也不回家！"

"怎么回事啊？是不是学校里有什么事呀？"

明知学校不可能有什么事，可为了不让妻子发火，我站在门口轻轻地这样说：

"哪可能呀？恐怕是不愿意看见我，故意晚回家的吧！"

我知道义夫几乎不会出去玩儿的，听了她的话，我心里开始有一种说不出的不安。为了不让妻子生气，我说道：

"让阿清她们到附近去找找吧。"

"阿清和加藤有事出去了，不在家！"

妻子冷冷地答道。加藤就是那个女护士的名字。

这时门口传来了喧哗声，我马上就有了一种不祥的预感。在吃惊的同时，我不由抬头看了妻子一眼，她也正两眼冒火似的盯着我。

"大夫，您儿子……"

我刚冲出门，村里的男人便对我叫道。穿着校服的义夫满身泥巴，被四五个人放在门板上抬了过来。

"您儿子掉到悬崖下面去了，真可怜！好像还有气息呢，您赶紧抢救吧！"

这之后，我采取了什么行动，直到现在仍然想不起来。总之，几分钟后，义夫被仰面放在诊室一角的床上，我和妻子站在床头检查他的伤口。村里人回去以后，四周一片森然。"滴答滴答"的钟声在室内回荡，让人有一种撕心裂肺般的感觉。看起来义夫是脸朝下掉下悬崖时碰到了岩石上，他右胸前部的肋骨断了三四根，两个手掌大小的伤口周围血肉模糊。他紧闭着双眼，呼吸极其微弱，虽然脉搏用手几乎感觉不到，但用听诊器一听，他的心脏依然在微弱地跳动着。

我僵直地站了起来，把放在玻璃小圆桌上的强心剂，也就是樟脑液药瓶和注射器拿了起来。

"你要干什么？你难道要让义夫受罪吗？"妻子想要阻

118

拦我，用颤抖的声音说。

或许那时我有片刻踌躇，又或许我的心里在想，自己主张安乐死都十年了，此刻却要自己的儿子遭受痛苦的折磨吗？无论如何，我十年来一直坚持实施安乐死的主张在那一瞬间彻底土崩瓦解了。人除了有理性的行为外，还会有条件反射性的下意识行为。那一刻，那种本能的条件反射，容不得我去理性地考虑问题。

我推开妻子，给义夫打了三针。妻子在旁边好像一直想要说什么，可我一点儿也听不进去。眼看着义夫的嘴唇由酱紫色变成了鲜红色。我心中暗叫："太好了！"注射了第四针后，义夫一下子睁开了双眼。

"义夫，你能听见吗？"我凑到他眼前轻声问道。

看到他轻轻点了点头，我的眼泪止不住"吧嗒吧嗒"地掉了下来。接着义夫的嘴慢慢动了起来，好像有什么话要对我说。

这个时候，妻子突然伸出右手，用力捂住义夫的嘴和鼻子，好像要让他窒息一样。

"你想干什么？"

我使出浑身的力气，抓住妻子的肩膀一下就把她推开了。妻子一下子跌坐在地上，撞翻了玻璃小圆桌。玻璃破碎的巨大声响，把义夫吓了一跳。他嘴里开始轻轻地说着什么。我排除一切杂念，集中精神，紧紧地盯着他的嘴唇。

"……妈妈……请原谅我。……被您推下悬崖的时候……我马上死掉就好了……"

我感觉脑袋"轰"的一声，就像被雷击中一样。接着眼前一黑，昏了过去。之后，我隐隐约约看见了义夫临死前嘴里吐出的血泡，也隐隐约约听到妻子在身后发疯地叫道：

"啊哈哈，你不是说不能用强心剂吗？……啊哈哈！"

相似的秘密

0

秘密の相似

一

让人怀念的T先生：

我真的不知道该怎样把我现在的心情告诉您。我想您现在肯定还在怨恨我吧。其实现在我手拿着笔，内心则充满了不安、羞耻和悲伤，真不知道从何写起。接下来我要告诉您的秘密，不仅会让您颇感意外，也会让世人目瞪口呆的。我打算以此向您谢罪，并祈求您的原谅。您不知道我痛苦了多久才下决心这么做的。不过，和接下来您要听到这个秘密之后的痛苦程度相比，我的痛苦恐怕真的算不了什么。一想到这些，我就想把所有的真相都告诉您。我父母当然反对我这么做，可我是一个顽固的人，谁的话也听不进去。他们没办法，只得同意我告诉您真相。接着我就把自己所犯的不可饶恕的罪行向您和盘托出。这是您意识不到的罪行，您肯定会在吃惊的同时非常生气。不过，在最危险的时刻，我悬崖勒马，没让这一罪行最终发生。这一结果让我稍感安慰，同时，也让我可以心情比较轻松地向您道歉。

因不可思议的姻缘，我嫁到您家，可新婚之夜只待了一晚，第二天我就回了娘家，并一直都没有回到您的身旁。对我的做法，您肯定很生气吧！不过，我并不会因此就觉得自己会愧疚地度过漫长的一生。我越思慕您，我的心里就会好受一些，您熟悉的身影深深地印在了我的心底，让我常常沉浸在美梦之中。可一想到心底的秘密，我却常常从梦中惊醒。

现在回想起来，结婚前我为什么没把所有的一切都告诉给媒人呢？这真让我懊悔不已。不管我的父母当时怎么想，但只要我勇敢地说出来的话，现在就不会陷入这么痛苦的悲哀中了。我对自己当时的懦弱悔恨不已。一想到因自己的懦弱而差点儿殃及于您，我就感到惭愧不已。要是地上有条缝儿的话，我真想钻进去。

我不能怨恨我的父母，不过当时就是因为听从了他们的劝告，我才做出了这样的傻事。我很理解他们的心情，缔结如此难得的良缘，他们欢喜不已，他们愿意为此死守秘密。如果我假装若无其事，在一段时间里这个秘密是不会被发现的。之后，你我之间有了可爱的宝宝的话，这个秘密即使暴露，我想你肯定也会原谅我的。事实上，我就是抱着这种想法，惶惶不安地和您相亲的。接下来一切进展迅速，忙着准备婚礼，并且匆匆与您结婚。

我这样说，您可能越听越不清楚。或许您会猜测，在咱们结婚前，是不是我和其他男人有什么不正当的关系？我告诉您，我的秘密跟这种事没有关系。我的秘密是……一下定决心要告诉您，我就不知道该怎么说了。算了，对您直说吧。其实我的右眼看不见，我是一个残疾人。知道了这个秘密，您可能会非常吃惊、非常生气吧，但不管怎样，请您把这封信看完。我右眼失明并不是天生的，是前年冬天，我突然得了视网膜炎而失明的。因为是视网膜炎导致的失明，所以从外表看和常人并没有什么两样。所以不光媒人没察觉到，就是和您相亲时您也没有发现。唉，和您相亲的那天，我心里七上八下，就像一个要上法庭的罪犯一样。不过您眼睛高度近视，戴着眼镜也没别人看得清楚。这也是没办法，因为我的眼睛，即便是专科医生一下子也是看不出来的。我的父母强烈主张我隐藏这个缺陷，为了让他们高兴，我最终横下心来，带着这个秘密嫁到您家来了。

不过，在嫁到您家来之前，我并没有感觉到自己的罪孽有多深。可在结婚那天早上，我身上的例假却意外光顾了，这让我一下子恐慌起来。它比平时提前十天突然光顾，让我百思不得其解。当然，这种事情在当今世界可以说是多得不计其数。可是对有隐情的我来说，却只能认为是老天爷对我的警告。那时我真的很害怕，流着泪央求父母把实情告诉您家，并且先不要举行婚礼。但我的父母却以为时已晚、无能为力这一简单的理由拒绝了我。最后在他们的强迫下我参加了婚礼。在去婚礼的车上，在您家举行婚礼仪式的时候，

125

还有在婚礼宴席上的时候我战战兢兢，如同做噩梦一般。所幸的是，身边的你因为近视并没有发现我的异常。

或许我的父母多少感觉到有些尴尬吧，他们在婚宴快要结束的时候，把我来例假的事告诉了媒人。客人们喝了酒后都兴趣盎然，可我却因恐惧、痛苦、害羞而心不在焉。最后只剩下我们两个人，坐在柔软的被褥上的我却感觉如坐针毡。一整夜我都没有合眼，一直都在想：幸亏身上来了月经，要不然真不知如何是好。要是有了孩子，遗传了我可怕的眼病的话，那将是多么悲哀啊！这种欺骗你的罪孽要是报应在无辜的孩子身上，该是多么的不幸啊！一想到这些，我不禁泪流满面，难以入睡。您看见以后，不停地问我为什么要流泪。可在那个时候，我无法告诉您实情，再加上我拒绝了您的接吻要求，您生气了。这一切我感觉就像在做梦一样。假如您和我一样，也得了眼视网膜炎，在新婚之夜，我毫不知情的情况下您才告诉我真相，我可能会发狂，或因气愤至极而把您……嗯，我也不知道会做出什么事来。考虑到这些，我实在是没办法告诉您实情。我想只要我不说出来，您就不会发现的。于是我故意好几次抽噎地擦眼泪，来掩饰那只看不见的眼睛。也不知为什么，您不摘眼镜，也不正眼看我，这样我也倒是松了口气。

就这样，我度过了如履薄冰般的一夜。天刚一亮，我就逃也似的飞奔回娘家。父母看见我大吃一惊，不停地数落我，让我赶紧回去。可我的决心雷打不动，他们只好让步，任由我决定。这样我才能心平气和地坐在这儿给您写信。看了这封信，知道那晚我惹您生气的原因后，您可能会有点儿同情我吧。虽然对我的欺骗，您很生气；不过另一方面，正因为我的欺骗才未让您陷入最痛苦的深渊里去，或许您因此还该感激我才对呢！这一切都是因为我非常爱慕您，为了您的幸福才这么做的。如果您爱我的话，您肯定会原谅我的吧！

一旦这个秘密说出来，我就不能再回到您的身边了。就算我多么爱慕您，您也愿意原谅我，我无论如何也不能允许自己侍奉您一生。现如今我的父母对我们的事已不抱任何希望了，虽然他们还没有向媒人解释，但已经同意我写这封信了。其实他们之所以没给媒人说，只是因为难以启齿罢了。

我俩不可思议的奇缘就像美梦一样逝去了，请您忘了我吧。请您保重身体，再结良缘，度过幸福的一生吧。尽管我的心里还是有很多话想要对您说，可越写心里越难受，眼泪也止不住地流，只好就此搁笔了。最后请代我向您的父母问好。笔迹潦草，敬请见谅。

×月×日
文子

二

日夜思念的T先生：

　　这是多么意外的事啊！我不是在做梦吧？今天媒人来我家转达了您对我上次书信的答复。在听到关于您身体的秘密时，我在高兴的同时，更多的是感到震惊。我们之间的缘分是多么神奇啊！您竟然和我一样，左眼也因视网膜炎而失明了。这种巧合也太离奇了吧！虽说我俩失明的分别是右眼和左眼，但双方都有一只眼睛看不见，而且，都瞒着对方，这些可真有讽刺意义啊！人们常说，夫妇都有夫妻相，可我做梦也想不到我们会在这些地方相似。我和我父母光顾着隐藏我们自己的秘密了，而没有仔细注意您的眼睛，我们怎么也不会想到您竟然会患上和我同样的病。以前从没听媒人提到过，今天他来到我家，第一次听到我们双方的秘密，他苦笑着说，原来你们双方都一直隐瞒对方到现在啊！不过，我想这件事要是不以双方相互隐瞒这一啼笑皆非的形式结束，而只是某一方被欺骗的话，那媒人的责任可就重大了。

这样说起来，新婚之夜您在床上没摘眼镜的理由我现在也全都明白了。原来和我一样，您也是在想方设法不让我发现您的秘密呀！一想到这些，我就不由得想乐。那个时候，要是双方都能敞开心扉，毫无保留地把自己的秘密告诉对方的话，那么双方的相处该是多么轻松的事情啊！可事已至此，真是让人遗憾不已啊。

您向我和盘托出您的秘密，并且希望我能回到您的身边。对此，在有点儿害羞的同时，我欢喜不已。因为直到现在我都一直爱慕着您。我对您的感激之情真是难以言表。我父母听说这件事以后，也是稍感安心。他们也没有急着给媒人答复什么就让他先回去了。对您的好意，我抑制不住激动的心情，便马上着手给您写回信。

我们两人都是一只眼睛失明的残疾人，这反倒成为把我们紧紧连在一起的缘分。不过一想到我们之间生出来的孩子也可能会得同样的病，我还是忧心忡忡的。不过我曾听人说过残疾人生出来的孩子未必都会是残疾人，所以您也没必要过分担心。在隐瞒您期间，我经常为一些小事而烦恼不已；现在秘密揭开后，以前那些自寻的烦恼现在回想起来让人真想发笑。我们两人只有两只眼睛视力正常，这固然是一件很悲哀的事情。不过从外表来看，我们的确都很健康。只要您同意，我真的很高兴一辈子陪伴在您左右。我父母对你我之间的姻缘曾经很期待，现在知道了您身上的残疾，他们虽说有点同情，但没有一丁点儿不愉快，并且欣然同意我回到您的身边。您明知我身体有缺陷，却毫不介意，仍说要接纳我，对此我感激涕零。

现在我的心情完全舒展了。自从订婚以来，我没过过一天安心日子，今天终于第一次感受到了心情愉悦的滋味。可是这次我不知道该用什么样的心情与您相见，总觉得和您相见会让人害羞不已。但不管怎样，我都要鼓起勇气，愉快地扑向您的怀抱。想到这儿，我拿着笔的手便不由得有些发抖。我此刻的心情希望您能体谅。我父母让我问您好。详细的事等我见了您再说。我日夜思念的T先生。

看到这些，您肯定满心欢喜吧！不过遗憾的是，这样的心情我一点儿也没有。现在回想起来，一直到结婚前的那些日子，我也和其他准新娘一样，在心里描绘着对未来的种种憧憬。可这些憧憬在婚宴的时候却完全破灭了。您的一个朋友，名字我就不说了，喝了不少酒，在酩酊大醉之际，告诉我母亲，说您因视网膜炎一只眼睛失明了。听到了这个消息，我的母亲惊讶得无言以对。我听到这个消息时，也是撕心裂肺般地懊悔不已。和您只有一只眼睛能看见东西这一事实相比，我们对您企图隐瞒事实这一做法气愤不已。这是一种多么可怕的做法啊！我们甚至都痛恨起媒人来了。尽管他也不知道这个事实，毕竟这种做法太过分了。我一辈子也不会忘记的。可在那种场合，大吵大闹不太好；而且，您朋友的话也不知道是不是真的。于是我决定先设法确认一下再说。首先，我父母通知媒人，骗他说我当天早上来月经了，并让他把这话转达给您。接着在婚床上，我刻意观察您的眼睛，可是您十分谨慎，从不摘掉眼镜。我气得眼泪直流，根本无法观察您。因为患视网膜炎的眼睛常见的特征是从外表看和常人的眼睛并没有什么不同。即便静下心来仔细观察，一般人也是看不出来的。不过直到现在我还为自己断然拒绝您的接吻要求，为没被您夺去贞操而暗自庆幸不已。回到娘家后，我对这件事的真伪也是难以确定。为了让您亲口说出事实的真相，我便给您写了第一封信。其实我从未患过视网膜炎，我的双眼非常正常。可是我如果不写那封欺骗您的信的话，像您这样卑怯的人是无论如何也不会说出事实真相来的。最终我的计划成功了。您完完全全掉进我预设的陷阱里，亲口说出您是一名残疾人。这样我们就能肯定被您给欺骗了。假如从一开始，您就坦白地告诉我这一事实的话，说不定我还会满心喜悦地嫁给您呢。可是现在我对您只有怨恨。在怨恨您的同时，也怨恨那些视婚姻如儿戏的男人们。并且，我还怨恨现代日本的婚姻习惯。即便没有被您欺骗，我也觉得婚姻中的欺骗现象是应该被诅咒的。

　　我要说的就是这些。那么再见吧，永远再见吧！

×月×日

文子

印

象

印

象

今晚，在同好们举行的每月一次的犯罪学座谈会上，谈论的话题是"女人的报复心"。由于午后刮起了风雪，聚在一起的只有我们五个男人，所以我们五个人不像平时那么拘谨，每人拉了一把椅子，围着炉子，一边喝着威士忌、吸着香烟，一边聊着天。外面的风雪一直不停击打着窗户。屋内气氛祥和，我们托着被炉火烤得潮红的双腮，谈笑风生，完全忘记此刻已至深夜。

"就像龙勃罗梭的书上举的例子一样，有一个女人为了报复她的丈夫，每天晚上都上街卖春，染上梅毒后，再传染给自己的丈夫。这种报复方法，只有下贱的、没有文化的女人才能做得出来。当然，有教养的女人有时也可能会这么做吧！"

我接着话头，随口说出了上面的话。

"是啊，只要条件允许，有教养的女性也会做出这种事情来的。"

法官Y氏说道。

"女性实施报复也罢，一般性犯罪也罢，都相当拐弯抹角，且具有自暴自弃的特点。一旦下定决心报复，采用出卖贞操，或者像您刚刚所说的那样，以牺牲自己身体为代价，故意让自己身患恶疾之类的做法，即使是中流或上流社会的女人，也是有可能的。"

"的确如您所说。"

听了Y氏的话，紧挨着的妇产科医生W氏附和道。

"女人的执著是最可怕的了。为了实施报复，她们变身为蛇鬼之类的传说绝非空穴来风。"

此时和W氏隔着火炉相对而坐的剧作家S氏接着说道：

"想必W氏因职业的关系，见识过很多性格怪异的女人吧！诸位，不妨就请W氏把自己的经历讲出来，作为今晚的高潮吧！"

听了他的建议，大家当然都很乐意，不停地催着W氏快说。刚开始，W氏看起来还有些犹豫，他认真考虑了一会儿，才接着说道：

"是啊，我经历了各种各样奇怪的事情，但特别值得一提的事却不多。不过有一件事却让我非常感动。虽说医生理应保守病人的秘密，但在这种场合说说也无大碍，况且故事的主人公也已去世，所以我就给大家讲讲这个故事。这个故事正好就是关于女性复仇的话题。

"对我们妇产科医生来说，最难决定的就是当孕妇身体出现危险时，是牺牲胎儿呢，还是让孕妇冒险生下孩子？比如说让患有结核病的孕妇分娩，对母体来说是极其危险的事情。因此，通常情况下我们都是劝孕妇人工终止妊娠即人工流产。但是有时候孕妇却愿意牺牲自己，想生下孩子来。夫妻间长时间怀不上孩子，一旦怀上孩子时，孕妇是说什么也不愿意做人工流产的。尽管没有妈妈的新生儿非常不幸，但孕妇拥有孩子的本能愿望却异常强烈，以至于她们都来不及去考虑孩子将来的不幸。碰到了这种情况，我们往往进退两难。最终我们也无能为力，只能按照孕妇的意志，祈求她能够平安无事。

　　"接下来我要讲的故事，就是和这种进退两难的情况有关的。有一天我应召去给著名外交官T先生的夫人看病。外交官T氏我早有耳闻，他的夫人我也见过两三次。不过那都是两三年前的事情了，之后我对他们的事情一无所知。那时的T夫人是社交界为数不多的美人之一，她既娇媚，又歇斯底里，听说她的品行也不怎么好。要说品行的话，她的夫君T氏也不怎么好。他出身名门，虽然年纪不大，但在外交官界却相当有势力。

　　"我想可能是T夫人怀孕了，才让我去给她看病的。于是我心里边想着T夫人以前那孔雀开屏一样绚丽的身影，来到了她的家里。但让人吃惊的是，T夫人在一名护士的看护下，病恹恹地躺在床上，脸颊黑瘦，皮肤没有光泽。打眼一看，和以前的她简直判若两人。

　　"我给她做了检查后得知，她果然有了八个月的身孕，但同时患有肺结核。胎儿位置正常，分娩没有任何问题，但肺结核已明显恶化。最关键的是她的心脏功能严重衰竭，如果不立刻终止妊娠的话，母体将很难坚持到分娩。

"当我建议她尽早终止妊娠时，T夫人竟毫不吃惊。原来在她怀孕三个月时就患上了肺结核。请内科医生看了以后，内科医生就屡次建议她终止妊娠。但她说自己的情况特殊，即使自己没命也要坚持把孩子安全生下来。并且一直坚持到了现在。可最近的两三天，她突然感到胸口憋闷，身体极为衰弱。因为担心自己身体上的这些不适会影响腹中的胎儿，她才让我来给她看病的。

"'大夫，我肚子里的孩子没事吧？能安全生下来吧？'

"夫人仰面躺着，两眼泪光闪闪，不安地问我道。

"'孩子发育正常，现在已经是第九个月了，即使今天分娩也是可以健康地存活下来的。'

"虽然我已经预料到分娩时母体的危险了，可在那时我也只能这样回答她。

"'真的吗？那太好了！'

"夫人脸上浮现出了笑容。她那瘦削的脸上布满的笑容，让人觉得非常恐怖。

"接着，夫人好像是在想着什么心事，她侧着身默默躺了一会儿。可不一会儿她又热泪盈眶，眼泪顺着脸颊滚了下来，打湿了洁白的枕巾。我实在看不下去，就避开了她的眼光。之后夫人告诉她的护士，因有事要商量，需要她回避一下。

　　"护士一离开，夫人就用她那皮包骨头的右手紧紧攥住我的左手。我吓了一跳，不知如何是好，只得再次看着她。她声音不大，却饱含感情地对我说：

　　"'大夫，我好懊悔啊！'

　　"'您到底怎么了？'

　　"听了她的话，我很茫然，就这样问她道。

　　"夫人用左手拿着纸巾擦了擦眼泪，很难受地喘息了一会儿后，更加用力地抓着我的左手说：'我好懊悔呀！大夫，就请您亲手帮我生下这个孩子吧！只要这个孩子能平安诞生，我死而无憾了。大夫！大夫！请您千万不要害死我的孩子啊！'

　　"说完这句话后，夫人开始咳嗽起来。她松开我的手，用右手轻掩着自己的嘴。时值秋末，院里树上的乌鸦叫声回荡在午后清澈的空气里，让人觉得有种胸口憋闷的感觉。

　　"'大夫'，止住咳嗽后，夫人用略带沙哑的声音接着说：

　　"'突然对您说这些事情，您可能会有些吃惊，可为了让您帮助我生下肚子里的这个孩子，我要把所有的缘由都告诉您。我之所以不停地为这个孩子祈祷平安，其实是为了报复我丈夫。'

　　"听了她的话，我惊呆了。

　　"'您可能很吃惊吧？'

　　"夫人接着说道；

　　"'大夫，其实我的婚姻生活一点儿也不幸福。结婚第一年还比较愉快，此后我俩的感情一天比一天疏远。我丈夫生活非常放荡，为此我经常借故吵闹，因此家里面常常是硝烟弥漫。尽管这样，我丈夫的胡作非为却一点儿都不收敛。终于，他碰见了一个他喜欢的女人，最终把她纳为二房。从此以后他便只去那个二房那里。不知道为什么，之前我一点儿也不嫉妒，可自从那以后便开始憎恨起他来。并且我下决心无论如何也要报复他。那时，我发现自己竟然怀孕了。结婚五年了都没有孩子，这回是我第一次怀孕，要是其他人的话肯定会非常高兴，可我却一点儿也高兴不起来。甚至认为这是我憎恨的人的种，我都仇恨起肚子里的孩子来。所以当我发现自己怀孕的时候，我就想做人工流产。正在犹豫的时候，我却患上了肺结核。来给我看病的医生说这对母体很危险，他们都劝我终止妊娠。可我突然改变了做人工流产的想法，反而下决心不管怎样都要生下这个孩子。当然，这么说我也知道，一旦患上结核，即便人工流产，我的身体恐怕也难以恢复健康。要是那样的话，我就更可能成为丈夫的累赘，不得不过痛苦的日子了。要是身体健康的话，还可以下决心做任何事情，可一旦生病，周围的人都不会把你当人看的。既然这样，还不如坚持生下孩子，自己死了算了。'

　　"说到这儿，夫人喘了口气。我感觉夫人接下来肯定会说一些可怕的事，所以绷紧着全身的神经听她继续讲下去。

　　"'可是大夫，我并不是心疼肚子里的孩子才要坚持把她生下来的，其实我是打算把孩子生下来，让我丈夫一辈子都承担照顾孩子的责任。可是我一病倒在床，我丈夫反倒认为这是好事，迫不及待地让我从家里搬到别馆。对我的态度也极其恶劣，就好像希望我早点儿死去一样。于是，我开始处心积虑地寻找使我丈夫最最痛苦的办法。可是像我这样身患重病的人能做什么呢？我考虑再三，终于想到一个办法：那就是用我肚子里的孩子来报仇。'

"此时，夫人的眼睛熠熠生辉，就像发现猎物的猫眼一样。我全身发冷，不由把视线转移到了别处。

"'大夫！'

"夫人吃力地叫我，并且伸出她瘦弱的右手指着自己对面墙上挂的一个画框。我一直都没在意，原来那个画框中是一幅浮世绘中常见的靛青色的鬼图案。那张蓝色的鬼脸越看越让人觉得可怕。

"'那张鬼的浮世绘原本是秘藏在我娘家的，就像您看到的一样，它是北斋画的。在我结婚的时候，作为驱邪之物带了过来。但可笑的是，现在却被我用作相反的目的。大夫，我要用这幅靛蓝色的鬼图案来报复我的丈夫。我以前在一本书上看到过，古希腊有一个王妃在怀孕的时候日夜不停地观察挂在自己房间里的黑人肖像画，后来终于生出来一个黑色皮肤的王子。大夫，我就想用这种现象来报复我丈夫。我把这幅靛蓝色的鬼浮世绘挂在墙上，一刻不停地看着它，生出来的孩子肯定会长得像鬼一样可怕，或者生出来的孩子皮肤肯定会是靛蓝色的。作为女人的强烈心愿，我坚信肯定

会生出来一个外表丑陋的孩子来的。所以我早上一睁眼一直
到晚上睡觉前一直盯着这幅画。如果真能如我所愿，生出一
个外表可怕的孩子来的话，那就是说我对我丈夫的报复成功
了。看到这个异样的孩子慢慢长大，对我丈夫来说将永远是
一种难以摆脱的恐怖。可是如果这个孩子存活不了的话，那
将没有任何意义了。所以，我必须要平安地生下这个孩子。
大夫，请您一定帮我实现愿望。拜托了！我已难过得不行
了，拜托您了，医生！'

　　"说完，她开始啜泣起来。听了她的话，夫人可怕的执
着再加上她的那张脸，让我觉得看起来和鬼魅无二。这种希
望把自己的孩子弄残废来诅咒自己丈夫的恐怖心理，虽然很
难保证她预想的结果出现，但这种居心叵测的心理至少是让
人不寒而栗的。

　　"怀孕的时候所看到的情景，会直接影响到胎儿身上，
这种现象在古今文献中绝不少见。这种现象多见于歇斯底
里型的女性。按照这一说法夫人或许会生出如她所愿的孩子
来。想到这儿，我仿佛看到了一个肤色靛蓝、脸似魔鬼的婴
儿。我感觉全身的神经都麻木了。

　　"我不知该如何回答。从我以前听到的关于夫人的传
言，还有从她刚才的话中，可以看出在品行上她是一个容易
遭到非议的人。她对自己的丈夫有别的女人如此怨恨，我认
为有点太自私了。当然人的感情是不能客观评断的。作为医
生我不可能忠告她必须放弃那种心理。即便我提出忠告，她

142

也未必能听我的。其实只要稍微冷静地考虑一下的话，就可以明白，那个北斋的靛蓝色鬼浮世绘的模样根本是不可能按照她所希望的那样出现在婴儿身上的。不过，既然患者如此强烈地希望分娩，我就应该尽力让她平安生产。

"'大夫，拜托您了！您要尽力让我生下这个孩子啊！'

"夫人停止哭泣以后，用她那干瘦的双手合十向我作揖，我连忙制止道：

"'我会尽力的，请您不要着急。您一着急的话就会影响您的孩子的。'

"尽量让夫人安下心来之后，我就回家了。第三天，早上七点左右，我接到电话说夫人已经开始阵痛，让我马上过去。我认为分娩时间的提前，是因夫人极度衰弱的身体造成的。我有一点儿不祥的预感，赶紧到了她家，她的丈夫T氏出来接我。

"'W医生，非常感谢您给我妻子看病。您也知道她是一个非常歇斯底里的人，无论如何也不愿去医院就诊，我一点儿办法也没有。就连一直给他诊治的D医生今天也不愿意过来了。所以，今天就全靠您了。听D医生说她的病情急剧恶化，相当危险，还请您多多关照。'

"T氏虽然看起来很担心，但口吻一点儿也不失外交官那种雄辩的风范。我端详着T氏，想到这个看起来很体贴的男人被他的夫人这么怨恨，我就觉得他很可怜。我说我会尽力的，就急急忙忙朝病人的住处走去。

"病室里穿白色衣服的护士和产婆已经做好了准备。我没看病人，而是先把眼光投向了对面墙上的那幅画，我觉得今天有可能如夫人所愿出现那种超自然的现象。夫人看见我，面带喜色。看见她嘴唇发紫，我赶紧给她注射了强心剂。我感觉到她脉搏很弱，很担心她能否平安生下这个孩子。她阵痛越来越频繁，看起来马上就要分娩了。到底是夫人，尽管额头渗满了冷汗，可她仍然一声也不吭，咬着牙忍着疼痛，自始至终都显得很沉着冷静。

"分娩终于开始了，不久就传来了婴儿呱呱啼哭的声音。我不由凝视着这个婴儿，然而婴儿身上并没有出现夫人所预期的异常现象，也就是说，婴儿皮肤的颜色、脸的颜色都很正常。虽说只怀了九个月就出生了，但发育得相当好。小家伙皱着眉头边哭边活泼地手脚乱蹬。可就在这个时候，我突然听到'嗯'的一声细微的呻吟声，回过神来朝夫人看去，只见她眼球开始不规则地转动，嘴唇颤抖。我吓了一跳，赶紧给她注射了一针，可她不久还是没了气息。

"尽管我对夫人的死感到很悲伤，但更多的是我觉得心里轻松多了。如果夫人看到刚出生的女儿没有她所预期的那种异常的话，该是多么失望啊！与其这样，还不如在没有看到女儿之前就死去，至少她不用那么失望了吧。夫人应该是清楚地听到了婴儿的啼哭，知道孩子已经平安降生，所以放松了自己的意志，最终咽了气吧。

"护士和产婆看到夫人咽了气便慌了手脚，切断脐带之后就那样把婴儿放在夫人两腿前。我赶紧让产婆去准备热水，让护士去通知T氏这里出现了异常。接着，按照惯例，为了预防婴儿的眼病，我该给婴儿眼里滴点硝酸银溶液了。就在我掰开婴儿右眼的那一刻，我大叫一声，不由把手缩了回来。各位，刚出生的女婴的眼睛真的是蓝色的！

"我不由抬头看了看北斋的画。

"那个靛蓝色的图像真的影响到孩子眼睛的颜色了吗？

"可是……

"可是……

"在接下来的一瞬间，我考虑的不是超自然的理由，而是非常常识性的、现实性的理由。这样一考虑我的心一下子就揪了起来。

"夫人真的报复了她的丈夫了吗？

"夫人恐怕从一开始就预料到了这个结果吧。

"并且为了以防万一，她转而祈求超自然的现象发生。

"这样想着，我看了看夫人已无血色的脸庞，也许是我的心理作祟吧，她的嘴唇周围好像浮现着狡猾的笑意。"

初往診

从刚才开始他就不工作了。一小时以前出诊回来的他，从人力车上一下来，就逃也似的钻进了玄关旁的诊室里，在里面来回踱着步，陷入了沉思。

现在，他的心里郁郁寡欢，不知如何是好。就连平时能给他带来安慰的院子里的花朵好像也在嘲笑他，所有能看到、听到的东西都在指责他。不巧的是，他的妻子也不在家，连一个替他分忧的人都没有。他不时眺望着门口，担心有人会急切地闯进来。

开业以来的第一次出诊为什么会那么的失败？当时的那份喜悦怎么会让自己得意忘形了呢？现在他觉得当初跳上接他的人力车出门时不该那么兴奋。

第一次出诊的对象是一个五岁的男孩儿。当他到达患者家里的时候，那个孩子全身痉挛，嘴唇发青，已不省人事了。他赶紧让那孩子的家人准备热水，孩子泡了热水澡后暂时恢复了意识。之后为了保险起见，他给孩子尝试注射了樟脑溶液。

当他注射完药剂准备拔针时，无意间抬头看了看旁边装注射液的盒子。这一看不要紧，他就觉得脑袋"嗡"的一下。他给孩子注射的不是樟脑液，而是吗啡。

他觉得无地自容，此后患者的家人说了些什么他一句也没听进去，甚至连看患者的勇气都没有了。勉强客套完之后他就出了那家的门，刚一上人力车就一下瘫坐在里面。

那是一个感觉不到一丝风的闷热的下午，路两旁茂密的稻叶上泛着白色的灰尘，四周一片蛙鸣声。他顾不得擦拭额头上的汗珠，心脏怦怦直跳，不知接下来会出现什么样的悲剧。

虽然走过了十町远的路，可自己到底是怎么走过来的，他一点儿印象也没有。他的脑子里反复出现"吗啡……昏死"这样的想法。他内心感到非常恐惧，真想翻开药物学的教科书来看看，可他始终没有勇气走近书架。

女仆突然打开门问道：

"先生，您还没洗漱吧？"

刚才女仆出门迎接他时问他："我给您打水吧？"他只机械性地"啊"了一声，之后就把这事忘得一干二净了。他无法悠闲地洗漱。

"不用了。"

说完后，他又抬头朝门口望去。树上的蝉起劲地叫着，还能听到远处传来的织布机的声音。

正在此时，一个女人手里拎着什么，急匆匆地冲了进来。女人的脸色惨白，两眼怒气冲冲。

他觉得预想的悲剧终于发生了，因为那个女人正是患者的母亲。

他觉得已经无路可退，赶紧把头探出窗外，问那女人道：

"怎、怎么了？"

女人急促地喘息着，站在玄关前说道：

"大夫，我儿子他……"

"什么？"

"我儿子他……太……"

"怎么回事？"

"发生了不得了的事了！"

"病情恶化了？"

"不是的，大夫。他把您落下的这件重要的工具给弄坏了。"

他仔细一看，那个女人手里拿着一个坏的体温计和一个黑色的袋子。

他没有在意这个，接着问道：

"您儿子的病情怎么样了？"

"多亏了您，从那时起就彻底恢复了，并且开始调皮起来，就连大夫您的工具也给弄坏了，真是非常抱歉。"

听了这话，他的眼中竟流出几滴泪来。那个女人吓呆了，不知该如何道歉才好，只是两眼直直地看着他。

习习凉风，悠然吹进了室内。

血友病

血友病

"信念即便不正确也没关系，关键是要坚守信念，让精神高度集中。只要精神持续高度集中，就能保证生命延续。"

在春夜举行的座谈会上，当谈到长生不老的话题时，村尾医师很认真地说道：

"大约十年前，我在现在这个地方开始行医。夏天的一个早上，住在同一个镇的下山家里突然有人生病，让我赶紧过去。这个家里只有一个老太太和一个侍奉她的老妈妈两个人一起生活。这个老太太我一次也没有见过，并且她家从来也没有叫我去看过病。只是从很多传言中得知，这家的老太太年龄已经非常大了，而且是一个虔诚的基督教徒，不太和外界打交道，所以谁也不知道她家的真实情况。不过这次，仆人老妈妈说老太太得了疾病，请我过去医治。我怀着好奇心就出门了。

"进了她家后，令我吃惊的是，老太太竟然端坐在里间的坐垫上。更令我吃惊的是老太太的仪表。尽管通常推测老年人的年龄不太容易，但我的直觉告诉我老太太已经九十多岁了。和大家所能想到的一样，头发全白了，脸上满是深深的皱纹，让人觉得很凝重，或者说给人一种很庄严的感觉。虽然我第一次和她见面，但明显感到她很忧伤。

"打完招呼后，我问她：

"'您哪儿不舒服呀？'

"老太太只是默默地看着我。她的两眼闪着异样的光彩，这种光彩就如妙龄少女对爱情燃烧的光彩一样。我的心一紧。

"'大夫，我快要死了。尽管大夫您不能阻止我的死亡，但到了这个年纪，我还是很留恋人世，所以就请您来了。'

"老太太口齿伶俐，一点儿也不像她那么大岁数的人。反差太大了，要是在秋夜的话，我可能会害怕得坐不住的。

"'到底是怎么回事呀？'

"'您恐怕不明白，那么我就把其中的缘由告诉您吧。其实我的家族里有一种可怕的怪病，简单说，就是身体某处受伤流血时，普通人的话，血马上就会止住。可我们家的人这样流血是一直止不住的，一直到把身体里的血流干而死。据我所知，我的祖父、父亲、叔父全都死于这一种病。我的两个哥哥，在二十岁前后也都死于这种病。从我的祖父那一代起，我们家只生男孩儿，我既没有姑姑，也没有姐妹。我的哥哥死后（那个时候我的父亲已经去世了），就只剩下我了。我的母亲为了想办法让我从这种可怕的病中逃脱，暗中皈依基督教，向神祈祷。

"'十三岁时，我成了孤儿。我的母亲曾经向神祈祷，祈求让我不要成为世间普通的女子。不用说，如果是普通女子的话，两三年后，就会开始有月经，那样子的话，就会流血不止而死去。只要不受伤，就不会流血而死，可这种自然的生理现象是无法避免的，只能向神祈祷。

"'我在母亲的授意下，也开始做祷告。我哥哥脸上受了一点儿伤，无法医治，只能用烟灰堵住伤口，渐渐地脸色煞白，最终死去了。那一幕至今萦绕在我的眼前。啊，真可怕！真可怕！

"'在神的佑护下，我十七岁的时候、二十岁的时候都没有来月经，二十五岁的时候也没有来月经。这让我的母亲很放心。那年夏天，她丢下了我一个人离开了这个世界。临终前，她嘱咐我说千万不能嫁人，嫁了人生孩子的时候就会丧命。下山家和我共存亡，要我尽可能地活到一百五十岁。

"'我不知道我母亲为什么要我活到一百五十岁，总之，我恪守她的遗训，每天在神前祈祷至今。时时刻刻小心翼翼，生怕自己会受伤。所幸的是，我至今未生过一场病，也没有来过一次月经。我是宝历×年这个月的今天出生的，今天正好满一百五十岁。'

"老太太说完，脸上浮现出一丝浅笑，然后盯着我看。我的心又紧了一下。当然我对她说的满一百五十岁这话很吃惊，但更让我感到不舒服的是老太太的眼光。

"'不过……'

"老太太继续说道。她的眼神更加明亮，我不由感到一丝寒意。

"'今天早上我发现我的月经突然来了，你想想我怎么能不吃惊呢。我想我快要死了！大夫，可是不知道为什么？自从月经来了之后，我比以前任何时候都留恋这个世界，我不想死。大夫，请您无论如何救救我吧，拜托了。'

"一百五十岁的老太太说完后来到了我的身边，她突然没有了之前那种庄重的态度。那让我不由得感到一丝不快，不过马上就平静了下来。

"'您不用担心！您家里遗传的这种病叫血友病，有这种病的家族里只有男性会遗传，女性绝对不会遗传的，所以即便您十五六岁时来月经，也不会因此而丧命的。您之所以信仰神是因为您知道女人会来月经，这只是您为了不让自己患血友病而想出来的办法而已。即使今天您来了月经，血肯定也会止住的，你认为自己因此会死去其实是不对的。'

"听我这样说，老太太的脸上慢慢浮现出一种可怕的表情，而且我看到这种表情越来越明显。我刚一说完，这个一百五十岁的老太太就伸出满是皱纹的双手朝着我的胸口部位扑了过来。

"这一切太突然了，我拼命地把老太太推开。

"几秒钟之后，等我回过神来的时候，我发现老太太，不，老太太的尸体像葫芦条一样横躺在我的面前。"

说完这个故事以后，村尾喘了口气，掏出手绢擦了擦脖子上的汗珠，继续说道：

"这真是一种意外的经历。老太太为什么朝我扑了过来，我当然也不清楚，可那种恐怖让我一辈子也忘不了。老太太虽然说来了月经，其实说不定是其他的病，毕竟她已经一百五十岁了。不过我们无法否认这世界上还有无法解释的事情。不过通过这件事我们可以明白：一旦精神上松懈，人就会在一瞬间崩溃的。如果我的那些解释让老太太精神松懈的话，那其实就是我间接杀害了那位老太太……"

死之接吻

死の接吻

那一年格外的热。有人说那是六十年来最热的一年，也有人说那是六百年来最热的一年，可是没有人说那是六万年来最热的一年。根据中央气象台的预报，某一天的最高气温竟然达到了华氏一百二十度，幸亏不是摄氏。研究信天翁生殖器的某大学穷教授这样讽刺说："中央气象台的天气预报绝对不能相信，只有温度计的度数才是可以相信的。"

东京市民包括那些留着把耳朵遮起来的时髦发型的女人们都默默无语。每天因日射病而死亡的人数超过了三十人。如果每天减少的人口按四十人算的话，对大日本帝国来说，根本没有多大影响，关键是人们的心情都很坏。因为没有一点儿雨，连水管里的水都干了。日本人只顾眼前，根本就没把这么热的时候考虑进去，这样设计的水管当然会是这种结果了。此时的水变得异常珍贵。当然这不仅仅是因为某大报

纸的宣传。冰的价格也扶摇直上，甚至N制冰公司的社长兴奋
过度，因脑溢血而猝死了。即便是这样，这种暑热也丝毫不
减。人们经常认为遭遇异常现象就预示着一些不祥的事情会
发生。所以某书呆子实业家一边注射生殖腺荷尔蒙，一边就
今年的暑热对记者说："这是老天为了让日本人从长梦中觉
醒而发出的警告。"而他自己则每天晚上开车去小妾家，贪
图美梦。由井正雪要是活着的话，他肯定会驾驶海军飞机冲
向品川，唱着八木节求雨的。可现在的人们都是些享乐屯金
之辈，根本不会为他人的利益而着想，他们谁也不会为求雨
而大费周折的。因为长时间没有下雨，人类的血液日渐浓厚
黏稠，吵架和杀人的事件猛增。而某法医学者发现，消灭犯
罪的一大原则就是降低人类的血液黏稠度。总之，人们个个
都显得狂躁不已。

　　此时又突然传来上海爆发剧毒性霍乱的消息。霍乱的消
息和郭松龄之死的消息不同，就连内务省的官员都极为震
惊，命令各地加强传播和检疫工作。在医学技术发展的同
时，细菌也会随之进化。霍乱病菌最近也迅速变异，趁检疫
官们眼花缭乱之际，轻而易举地就从长崎登陆，一下子在城
市里蔓延开来。只要在长崎登陆，霍乱病菌在日本全国的蔓
延就是指日可待的事情了。于是对中国人之死漠不关心的日
本人也极度恐慌了起来。可是，细菌一点儿也不害怕人类，
再加上各府县的检疫人员均抱有只要霍乱病菌不蔓延到自己
所在的府县，蔓延不蔓延到其他府县都和自己无关这样奇妙

的心理。特别是横滨和神户，因为这些地方会直接从上海引入病菌，所以其检疫人员责任非常重大，甚至有位检疫官在他妻子即将临盆时受命出差，竟然一直没能看到自己的孩子。

遗憾的是，检疫人员的所有努力均奏效不大，霍乱病菌终于侵入大东京圈内。要是在平时的话，最先感染的应该是往京桥一带运送木炭的船家女人，可这一次最先感染的却是住在浅草六区K馆的一个名叫T的演说活动家。他在解说Harold lioyd的题为《防疫官》这出喜剧时发生呕吐了。当真正确认他为霍乱病菌感染者时，当时密集的观众已经散布到东京各处了。承担检疫责任的当局人士紧张得脸色煞白，但已经来不及了。

疫病如破竹之势在东京各地肆虐着。因其毒性极强，一次两次的预防针都没什么效果，人们于是开始极度恐慌起来。五十人以上的工厂无一例外地都出现了感染者，不得不暂时关门。因闷热丝毫没有减退的迹象，冒险喝了不该喝的冰水的人很多，这些家伙们一个一个都相继死去了。更让人感到可笑的是，感染病菌的人当中，医师反而居多。平素被这些医师索取高额药价的肺病患者们，都暂时忘记自身的病痛，个个欢喜不已。不久就要面临死亡的人，在听说自己认识的人的死讯时，都表现得相当愉快。

任何一个医院都兼作传染病医院，并且顷刻间就爆满了。火葬场有点儿吃不消了，墓地也不够用了。大街小巷随处可见办丧事的人家。站在日本桥的桥下，可以看到穿桥而过运送棺材的船不计其数。无所事事、只靠积蓄度日的劳动者数不胜数。

　　恐慌波及大东京的各个角落。有人因为恐慌丧失了生存的勇气而自杀，也有人因恐慌发狂而杀死了自己的妻小。精神比较正常的人却因种种幻觉而苦恼，因为即便是在大白天，他们仍然动不动就会碰见吊死在街道两旁积满灰尘的大树上的死人身影。上野和浅草的梵钟有气无力地响着。在夜幕降临的时候，猫头鹰的叫声不绝于耳。人们甚至对横亘天空的银河都有一种恐怖感。也会对一闪一闪一瞬间就消失的流星感到心寒。吹到人身上的微风，满是血腥味儿，就像死神的呼吸一样。

　　如果疫病用"猖獗"这个字眼来修饰的话，当然应该是"家家门户紧闭，街道空无一人"才对。可事实恰好相反，现在的人们毕竟都是现代人，他们都喜欢冒着危险外出，因此街头相当拥挤。一到晚上，家中热得像蒸笼一样，只得去温度稍微低点的户外了。这是人们外出的理由之一，但最主要的理由是现代人近乎绝望的、宿命论的心理。他们虽然憎恨恐慌，但又不由得想接近恐慌，这一心理乃现代人的一大特征。他们就像被吸引一样频频外出。不过，外出是外出，其实他们的心理比包围他们的夜晚更黑暗。平时用作武器的自然科学也没有让他们的心情轻松起来，所以他们抱着明日未卜的心理，借助酒精来消除一时的苦闷。因此酒吧、西餐厅等地的生意异常火暴。他们唱歌，但他们的歌声会让路人心寒，就像古代伦敦鼠疫猖獗的时候，云集在棺材店的搬运工和药剂师们，为庆祝生意兴隆而唱的歌一样凄惨。

人们心里共同的不安，把每个人的苦恼都扩大化了。疫病的恐慌未能减轻人们借款的重负，也没能去除人们的公愤和私愤。因为对疫病的恐慌，人们抱有的公愤和私愤反倒更加强烈了。因此，因暑热激增的犯罪事件，自从霍乱爆发以后更是快速地成倍增加。

二

　　本文主人公雉本静也因为失恋，本来下定决心要自杀
的，后来突然改变了心意，最后却杀了人。这一变化其实也
是这种环境造成的。

　　静也从东京市M大学政治系毕业后蜗居于高等公寓的一
室，全靠家人寄钱生活。一整天无所事事、浑浑噩噩地度
日，是现代社会特有的颓废派。在美国有很多靠行为艺术度
日的颓废派，他也和这些人一样，通常要用大半天时间来收
拾头发和穿戴洋装。任何工作从第三天起就会让他头痛，所
以每份工作他都不会持续一周。他很佩服黑社会老大，总觉
得人家比自己要聪明得多。另外他做任何事情马上就会厌
倦，有时会沉溺于烈酒和香烟，有时又对摄影感兴趣，有时
对麻将和填字游戏着迷，有时又陶醉于惊世骇俗的侦探小说
之中，但没有一件事能够长久。对这种没有长久性的性格，

连他自己都觉得不可理解，他甚至认为自己天生胆小怕事的性格也和这种性格有关。

现在的颓废派分为两种，第一种人胆子极大，就像尸体上的麻蝇一样对事物很执著。第二种人，胆子极小，就像胶水不足的邮票一样缺乏黏性。不用说，静也属于第二种人。他甚至和酒吧、咖啡馆的女郎说话时都会感到害羞，所以至今他一次都没有恋爱过。对他来说恋爱就是一种冒险，尽管他心里面很想冒险，可他胆小怕事的性格总不允许他这样做。还有他瘦弱的身体也很不适合做这种冒险。

不过命运还是给了他恋爱的机会，他终于经历了生平第一次的恋爱。然而令人发笑的是，他喜欢的女人却是他朋友的妻子。这虽然有点可笑，但对他来说其实很不幸。不光对他很不幸，对他的朋友来说也是很不幸的，因为他的朋友因此成了他的刀下之鬼。古往今来，因为妻子美丽而招致意外之死的男人并不少，但像静也的朋友佐佐木京助这样在不明不白中死去的男人其实并不多见。

佐佐木京助的妻子叫敏子，是一位新时代女性。新时代女性的一个共同特点是兼有几分男性的性格，比较擅长理性思考。她容貌漂亮，态度严谨，她的这种性格自然就比较吸引稍有女性性格的静也了。静也每一次拜访京助都会被敏子所吸引。

京助和静也是同学，今年春天刚和敏子结婚，住在郊外的文化公寓里。其实京助只是一个没有任何特长的平凡男人，他具有平凡人的共性：胖胖的，鼻子下面留着八字胡。可就是这种平凡的男人却让新时代女性很是满意。可实际上，如果不是京助这样平凡的男人，那是很难侍奉新时代女性的。就像有位天才音乐家刚娶了一位新时代女性为妻，不久就在帝国剧场指挥管弦乐队时猝然倒下。医生从死者的口袋里发现一个药瓶，上面写着一次一片，由此可以确认那人猝死的原因系药物所致。另外还有一位议员，因和"八百万日元事件"相关联而被议会调查。他在众议院的讲台上痛苦地大喊："八百万日元是空穴来风啊！"就在那晚他就不幸身患流感。因此，要娶新时代女性为妻的话，就要有丢家弃命的心理准备。

京助有无这样的心理准备不得而知，但看起来他的体力和财力都能让敏子满意，两人的感情也很好。但敏子天生妩媚，在招待丈夫朋友的时候让静也渐渐产生了一种奇妙的感情。静也不知道如何对待这种奇妙的感情。他如果不是一个胆小的人，或许会直接向敏子告白的，然而他是一个胆小懦弱之人，他一想到告白后出现的可怕后果就怎么也张不开口，因此只能一个人在心里干着急。

可这渐渐膨胀的爱恋到最后总要爆炸。静也反复考虑如何让这份爱恋之心爆炸出来，但最终也没能想出好的办法来，最后决定干脆通过写信来解决。可他写的字又难看，文章写得又不好，另外考虑到书信这种东西有时会残留于世，成为后人永远的笑柄，于是便放弃了。阿倍仲麻吕仅仅作了一首和歌，可就这唯一的一首和歌还被患有疝气的定家夺走，成为后世的纸牌游戏，至今被黄毛小丫头们挂在嘴上，成为永久的笑柄。还有因为书信，一国的宰相被起了个绰号叫"珍品"，害得他得了肾炎。想到这些，静也就不敢写信了。

在静也饱受相思之痛时，霍乱突袭了京城。于是让人觉得不可思议的是，胆小怕事的静也突然胆大起来，他决定直接向敏子告白。恋爱和霍乱之间的关系至今还未被人进行过科学研究，要是有人想研究的话，静也绝对是个最合适的研究材料。

在恐慌情绪蔓延的大东京，某一天在京助上班不在家的时候，静也来见敏子了。静也就像不会演讲的人在掌声中登上讲台时的心情一样，晕晕乎乎地向敏子告白了。因为生平第一次体会到的恋爱苦涩，已经让他感到如果不说出来就活不下去了。那一天的天气依然非常热，因为热汗，还有因害羞而出的冷汗过多，以至于让静也流失了过多的水分，告白到最后他的声音都嘶哑了，就像临死前的老太婆在如来佛前念佛时的声音一样，非常纤细。

敏子就像女王在倾听臣子诉说哀怨一样，静静地听着静也的告白。静也说完用手绢擦拭脖子的时候，她用手里的蒲扇轻轻打了静也一下，大声说道：

"哈哈哈哈，你说什么呢？真讨厌！哈哈哈哈……"

三

　　静也的心情就像没带降落伞的飞行员从三千尺的高空掉下来一样，那天晚上他回到住所后就下决心准备自杀。犯罪学家认为高温暑热是自杀的原因之一，可他下决心自杀的动机却是和霍乱是分不开的。在周围的人频频死去的时候，如果遭遇不顺心的事情，性格懦弱的人就会想到自杀。

　　静也虽然下决心自杀，可对用什么样的手段自杀却感到很迷茫。他不愿意因自杀而被后人羞辱，想尽量用别人看不出来的自杀方法自杀。想着想着突然他想起了以前在药局二楼住的时候得到过的一瓶亚砷酸。他不知从什么地方听说的，说人吃了亚砷酸之后，皮肤就会变漂亮，所以通过药局的人弄到了这东西。可此后也不知从什么时候起就不再吃了，好像剩下的还装在瓶子里，放在桌子抽屉的一角呢。几乎所有人一旦弄到毒药后，都会觉得它危险就不舍得扔掉

172

它，最终导致各种悲剧的发生。静也无意间暗藏了亚砷酸，没想到现在竟然派上了用场。

静也拉开抽屉，拿出装有亚砷酸的小瓶子。看到那白色粉末的一瞬间，他全身的肌肉竟有些僵硬。那时他有些踌躇，甚至想到吃了它自杀算了。他也不知道吃了亚砷酸会怎样死去，要是死得太痛苦就不好了，而且最好死后被认为是自杀的。最后，他决定去图书馆先查查亚砷酸的作用再说。

尽管正值霍乱流行期，上野的图书馆里人还是很多。好像从古时候起就有这种说法，在死神横行的时候，人们读书的欲望反而会更加高涨。他要求借阅有关毒药的书籍时，令他吃惊的是，日语版的医学书籍竟然已经全部被借走了。他一边想人们到底还是很珍惜自己的生命啊，一边对自己为了自杀而来查阅医书的行为而苦笑不已。没办法，他只能借了英语版的药理学书，凭借笨拙的外语能力勉强找到了"亚砷酸"这个词条。

令他吃惊的是，书上写着吃了亚砷酸的症状竟然和霍乱的症状极为相似。读到这里，他为自己这个不一般的发现而惊喜不已。总之，吃了亚砷酸自杀的话，在这个霍乱流行的非常时期肯定会被认为是感染了霍乱病毒的。因此即使自己吃了自杀也不会被人认为是自杀的。医生其实是为了误诊，才被老天派到这个世界上来的，因此，吃亚砷酸死亡肯定会被认为是因霍乱而死的。想到这儿，静也真想通过吃亚砷酸自杀，来愚弄愚弄现代医学。

可是读着读着，当他看到亚砷酸会引起激烈的疝痛时，他的心就凉了下来。书上写到，霍乱病毒和亚砷酸中毒的主要区别是有无疝痛。亚砷酸中毒看似霍乱，但因霍乱而死却总让人觉得有点太过平庸了。那讨厌的强烈疝痛最终还是让他放弃了吃亚砷酸自杀的念头。渐渐地他不光是讨厌疝痛，甚至都有些讨厌自杀了。

从图书馆出来，他走在公园里，四周白色的灰尘有两三寸厚，天气热得让人难以呼吸。他坐在树荫下的长椅上考虑接下来该怎么办。突然一个有趣的想法浮现了出来。

"与其自杀，还不如找个人替自己死呢！"

他这样想道。这是一个多么棒的想法啊！此时他已经彻底放弃自杀的念头了，而且觉得自己想要自杀的念头是多么的荒唐。他突然有了很想杀个人试试看的想法。让他高兴的是，用亚砷酸杀人的话，按照前面的理由，医生往往会判断为霍乱，肯定不会被怀疑是他杀的。这样与其通过自杀来愚弄医学还不如自己活着愚弄医学更令人兴奋呢。想到这儿，静也高兴得都有些按捺不住了。

他回到住处以后，就开始考虑该杀谁了。首先浮现在眼前的是房东太太的那张油腻腻的肥脸。他长得很瘦，所以看见胖人就感到不顺眼，所以首先就把矛头指向了房东太太，可转念又一想，杀那样的人没有什么价值的。

想着想着，他突然想到为什么不杀自己的朋友佐佐木京助呢？他对京助的肥胖身体一直就看不惯，特别是京助的那张脸，就不该在这个世上存在嘛。所以牺牲京助是再合适不过的了，这也算是他对敏子的一种报复吧。作为被她当场拒绝的一种报复是再好不过的了。

这样决定以后，他突然变得非常珍惜起自己的生命来。一般来说，杀人者比普通人更加眷恋生命。对某人曾经说过的这句话此刻他才慢慢理解了。他觉得在制订杀人计划的时候，自己对生命就如此眷恋了，不知道在杀完人后自己对生命会有多么强烈的珍惜啊！之所以自己良心上会有点过意不去，只不过是自己对生的眷恋罢了。反正他是这么认为的。

可是，杀人并不像自杀那么简单。该如何毒杀京助呢？这真的很让他头痛。不过，一想到京助的性格，这个问题就变得很简单了。他认为，京助是一个平凡的男人，而用最普通的方法杀死一个平凡的男人最合适不过了。

首先，从公司里把京助叫出来，两个人一起去西餐厅吃牛排。京助喜欢往肉上撒烧盐，所以只要在烧盐中加上亚砷酸就可以了。事先从料理店买来装烧盐的瓶子，装入烧盐和亚砷酸，再把它带到饭店去。一坐到饭桌前，就把它和饭店里的烧盐瓶子换掉。……如此简单地就解决掉这个家伙了。

要是在平时，亚砷酸中毒立刻就会被发现，然而此时却比较特殊，绝对不会被发现的。他相信医生的水平。对平素杀人习以为常的医生们来说，只有这个时候才是救人的绝好机会。这样说的话，他还是医生的恩人呢。这是多么令人愉快的事情呀。他想着想着，竟飘飘然起来，慢慢进入了杀人前的陶醉状态。

四

　　在决定杀人后的第十天，静也怀里揣着混有亚砷酸的烧盐瓶子来到了京助的公司，没费什么事就把京助叫了出来。之前静也还一直担心敏子会不会已经把上次那件事告诉京助了，可见了京助之后觉得好像没有一点儿那样的迹象。在静也提出一起去吃西餐时，京助毫不犹豫就答应了。普通人的特点就是不善于怀疑周围的事物。再说他也不是那种喜欢疑神疑鬼的瘦人。他一点儿也不知道自己即将被害，若无其事地跟着静也就走了。

　　静也没有带他去常去的那家餐厅，因为在熟悉的地方杀人不太好，京助对此也毫不在意。很快他俩就坐到了铺着雪白桌布的餐桌前，开始吃起牛排来。趁京助去洗手间的间隙，静也迅速地换掉了桌子上的烧盐瓶。京助回来后极其自然地拿起那个瓶子往肉上撒了很多烧盐，接着就津津有味地吃了起来。吃了两三片后，京助好像因为肚子不舒服而蹙了蹙眉，静也不由心紧了一下。不过之后好像又没什么事了。他俩顺利地吃完了那顿饭。迅速结完账起身离开的时候，趁京助不注意，静也又把那个烧盐瓶子换了回来。两人出来后不久，京助突然一脸痛苦的表情跪在地上直不起腰来。静也让京助待在原地别动，赶紧去街上叫了辆出租车，把京助送回了家。

告别京助，回到家的静也感到既兴奋又疲劳。在餐厅的时候，他紧张地看着京助的一举一动，觉得全身的肌肉都在颤抖，连心脏跳动都不太规则了。回到家里，他还心有余悸。他沉沉地躺在榻榻米上，心头有一种不祥的感觉。

医生真的会诊断为霍乱吗？

此前，事情的前前后后都是自己打点的；可此后，就要全部由别人来决定了。万一医生不小心作出正确诊断的话，那可就要出大事了。想到这儿他无法平静，一下子站了起来，在榻榻米上走来走去，可事到如今已无计可施了。

之前，天气再怎么热，他也从没失眠过，可是这晚他却觉得出奇地热，到天亮时都还没睡着。等他再次睁开眼时，外面的太阳已炙烤着大地了。一吃完早饭，他就飞奔到郊外京助家的门前。果然京助家大门紧锁，贴着告示。他向邻居打听后，得知京助昨夜因霍乱暴毙，他的太太和女仆都被隔离了。可谁都不知道敏子和女仆被隔离在哪里。

静也放下心来，知道自己对医生的信任是对的，心里不免有些不好意思起来。他感觉人世间比想象的要美好多了，他对生命越来越眷恋了。在眷恋生命的同时，他对敏子的爱恋又强烈了起来。他急切地想见到敏子。他想见到她之后祈求她能再次接受他。他对死去的京助没有丝毫同情之心，他只是想既然京助已经死了，敏子就不会像以前那样对他没兴趣了，所以他想尽早见到敏子。

可是谁也不知道敏子到底在哪里。他也不敢过于深入地打听，只好每天都来看看敏子回来没有。

过了五天、七天，敏子家的门一直锁着。他觉得越见不着她的时候反而越思念她。在第二周的时候他终于知道敏子回来了。白天他感觉有些害怕，所以一直焦急地等到夜幕降临，这才按响了那曾经很熟悉的门铃，站在门口他感觉自己的心脏狂跳不已。

五

　　"哎呀，是雉本先生呀，您来得太好了。我想你肯定会来的。"

　　敏子来到玄关前迎接他，高兴地说。她的脸有点儿消瘦，但看起来反而更加美丽了。

　　静也本来想着她会哭得两眼红肿的，对她的这句话颇感意外，竟不知如何应答。

　　"今晚，女仆不在家，您可以尽情地玩。快进来吧。"

　　说完她拽着他来到了灯光明亮的客厅里。静也在藤椅上坐下来，用手绢擦着汗说：

　　"有时……"

　　他刚想说下去就被她打断了。

　　"您要说吊唁的话吗？多谢了。可是人的命运谁都说不清楚的。佐佐木那天晚上和你一起去西餐厅，吃的同样的东西，可您却一点儿事都没有……"

敏子一直盯着静也，静也很惊慌，他有一种眩晕的感觉。敏子接着说：

"佐佐木那天晚上一回到家，就开始剧烈地呕吐，不到三小时他就死去了，这一切就像做梦一样。"

"真的太不可思议了。"

静也刚刚能说出话来。

"其实那天过后的第二天，我因放心不下，正要到您家来时，却听说佐佐木君去世了，非常吃惊。想来探望探望您，也不知您的行踪，之后每天都来这里等待的。两周时间可真不短呀！"

"是呀，我在医院打预防针呢。您打了吗？"

"没有。听说打一次两次没什么用，我觉得太麻烦了就没打。"

敏子听了这话，好像想起了什么，眼睛突然一亮。

"一回两回不起作用，但是打上十回，就会消灭细菌，身体就无大碍了吧。所以我每天打一次，总共打了十次呢。恐怕您也不愿像佐佐木那样死掉吧？"

"我听说佐佐木君去世，突然一点儿也不想死了。"

静也这样说着，用别有意味的眼神看着敏子。

"这么说，您以前一直想死？"

不知何故，静也突然觉得脸上有些发烧，垂下眼帘，沉默不语。

"喂，说话呀！"

静也的喘息粗了起来。

"说实话，自从见到你第一眼起，我就想自杀。"

"为什么呀？"

"我很失望。"

"失望什么呀？"

"怎么说你才明白呀？"

这样说着，他就像小学生抬头看自己的老师一样，很胆怯地看着敏子。两人的视线撞在一起，敏子低下头，用手绢捂着嘴不说话。

"你怎么了？是为佐佐木君之死而悲伤吗？"

敏子突然抬起了头，死死盯着静也，眼里冒着火一样的热情。

"我有些害羞。"说完，她又低着头，压低声音说道，"之前，我对您说的话并非我的本意……"

静也心头一惊。

"这么说敏子你……"

"我有点儿对不起佐佐木……"

听了这话，静也就像发烧的病人一样，摇摇晃晃地站了起来，向敏子的椅子靠去。

"敏子，这是真的吗？"

说着，他把手搭在了她的肩膀上。一种女性身体的质感，刺激着他全身的神经。

　　"请您关掉灯吧！"

　　敏子难为情地说道。

　　静也摇摇晃晃地朝客厅口的开关走了过去，"啪"的一声关了灯。

　　黑暗包围了两人。

　　之后，响起了接吻声。

六

谁都知道，互诉衷肠在黑暗的时候最好。

热烘烘的空气从大敞着的窗户吹了进来。两人觉得都很热。

接吻之后……男人按捺不住了。

女人说："那就等四小时之后吧！"

"四小时！为什么呀？"

这四小时对静也来说，像是"永远"。

然后，漫长的四小时过去了，夏天的夜色越来越浓了。

突然，男人在黑暗中奇怪地叫了一声，那完全不是那种场合的声音。

"哇！哇！"

那是呕吐的声音。

"呕！呕！"

还是呕吐的声音。

"哈哈哈哈！"女人响亮的笑声在黑暗中回荡。

　　"你胆敢毒死佐佐木？你这胆小鬼。你以为我不知道就大错特错了。我告诉你，佐佐木打过好多次预防针了……"

　　又是一阵肚子"哇！哇！"响动的声音。

　　那还是呕吐声。

　　"因此我马上就发觉了。可怜佐佐木在毫不知情的情况下就被毒死了。我想不能打搅已故之人，所以对医生的误诊就缄口不言。我就权当佐佐木打了预防针没起效果而感染霍乱病毒死去了……"

　　又是一阵呕吐声。

　　"而且，我也不想把你交给警察。因为即便交给警察，我也不知道能否判你死刑。我想尽快靠自己报仇。因此，我到昨天为止一直都在打预防针，直到我吃了活性细菌也不会致病的程度。刚才，趁你去关灯的间隙，我把从医院偷偷带回来的试管里的活性细菌吞入了口中。接着，咱俩接吻了。你明白了吗？"

　　接下来是一阵呕吐声，还有呻吟声。

　　"你看起来很痛苦啊，你肯定会痛苦的。医生说了，今年的霍乱病菌毒性很强，四小时后就会发病。现在你知道'四小时'的含义了吧！接着，你会痛苦难忍，最后死去。你想打开灯吗？为什么？你问我为什么不开灯？因为我都讨厌看见你。你死了之后，我会把你送到警察局的。即使你的尸体被解剖，也绝不会被人认为是他杀的。哈哈哈哈！"

　　接着又是一阵呕吐声，还有呻吟声。

　　死亡的对话在黑暗中最好，只怕任谁都知道这道理呢！

痴人の復讐

在为了猎奇和追求刺激组织起来的"杀人俱乐部"的例会上，今天晚上的主要话题是"杀人方法"。

这一组织的会员由十三个男性组成。虽然名叫"杀人俱乐部"，其实并不是进行杀人活动，它的主要目的是讲述有关自己杀人的经验（如果有的话），或是交流对有关耸人听闻的杀人事件的看法。

"绝对不会受到惩罚的、最理想的杀人方法是什么呀？"会员A问道。

"我认为是让自己想杀死的人去自杀。"会员B立刻回答道。

"不过创造自杀的条件非常困难呀！"A又说道。

"困难是困难，但我想，要全靠自己的技巧了。"B答道。

"是的，是的。"从墙角传来了附和声。那声音异常响亮，让屋子中间桌子上的老式洋灯的灯芯都晃了几晃。大家一齐都向那个方向看去。原来那人是眼科医生C，他是一个秃头，看上去和他的年龄不相符。他为了证明自己的观点，刚才语气坚定地喊道。

眼科医生C清了清嗓子，呷了一口咖啡，断断续续地讲述起来。

十五年前，我在T医学专科学校的眼科教研室里当过助教。在这儿自己表扬自己有点难为情，可我真的从没觉得自己很笨。可能是我行动迟缓，手不灵活的原因吧，小学时代就被叫做"慢性子"，中学时代被叫做"磨蹭鬼"。从小我就有一种很强的，甚至可以说是病态的复仇心理。别人叫我"慢性子"、"磨蹭鬼"的话，我一定不会忘记报复他。我的报复，不是在受欺负时当场挥舞拳头，也不是用难听的话回骂他。我当时会不吭气，或笑嘻嘻的，可经常会在一两天或一周后，有时甚至会在一个月或一年后瞅准时机，用痛快的办法予以报复。接下来要讲的这个故事，就是其中一个例子。

从T医学专科学校毕业以后，我马上就进入了眼科教研室。即使已从学校毕业，我依旧是个"慢性子"，急性子的教研室主任S老师看见我做事，也不顾在其他助教和护士的面前，就骂我"Stumpf"、"Dumm"、"Faul"……这些词都是表示"迟钝"、"笨蛋"、"傻子"一类意思的德语。我在心里暗暗记着一定要复仇，但是仍然像往常一样只是默默

188

地工作。之后，S老师每批评我一次，我都觉得是一种兴趣，于是我一天接一天被S老师这些词语包围。S老师是一个责任心极强的人，他常常说因为助手的失败，自己必须要负责任。他骂我的同时，对我的指导却从不怠慢。因此我的水平也在不断提高。可因为我的动作依然缓慢，S老师对我的嘲笑和辱骂也变得越来越厉害。

S老师对我的这种态度，自然也传染了其他助手和护士，他们也都像对待蠢人一样对待我。之后，连住院的患者都看不起我。而那时我依然默不做声，每天都在心里暗下决心，"你们就等着瞧吧！"因为要报复的人太多，我都不知道该把枪口首先对准谁。所以我觉得应该先制订计划，尽快找到机会，用最猛烈的手段向所有的敌人复仇，以此来满足我压抑的心理。

正在此时，有一个年轻的女患者住院了。她是某剧院的女演员，长着一张椭圆形的脸，是一个非常漂亮的女人。不过性格有些时候却有点歇斯底里。她在半年前左右，右脸开始疼痛，还出现了经常恶心呕吐的状况，后来右眼视力迅速下降，特别是就诊两三天前，右眼开始剧烈疼痛，同时视力也急剧下降。在门诊检查时，被怀疑是"绿内障"，建议入院治疗。于是我就成为她的主治医师。

大家也知道患了绿内障的眼睛，从外表上看和正常的眼睛并无差别。这个病俗称"石头眼"，是由于眼球内部的压力亢奋所致，眼球会变硬。进行眼底检查时，如果没有发现视神经连接眼球的乳头部分凹陷的话，客观上是不能判断为绿内障的。诊断相对来说比较容易，可是致使眼球内部压力亢奋的原因在医学界至今尚不明确。这种病，以前在日本和欧美都一致被认为是不治之症，被视为绝症，无法医治。最近，如果是初期绿内障的话，通过手术和其他办法在一定程度上可以治愈。可是如果严重的话，最后便只有失明了。特别是患上此病后会让人疼痛难忍，要去除绿内障的话，最好的办法就是剔除眼球。也就是俗称的"挖出眼球"。另外，如果是炎症性的绿内障，单眼所患的绿内障又称"交换性眼炎"，不久就会转移到另外那只健康的眼睛上去。为了保护那只健康的眼睛，作为应急手段也只能剔除那只患病的眼球。因此，作为绿内障的手术，眼球剔除法被经常使用。

我给从门诊转来的女患者分配了病房，选定了照顾她的护士之后，给她做了视力检查，之后，为了做眼底检查，领她去了暗室。所谓暗室，顾名思义，由四面漆黑的墙构成的、连蛛丝粗细的光线都透不进来的黑暗屋子。就连很熟悉暗室的我们进去的话都会感到憋气，何况是这位有些歇斯底里的女人呢，她肯定会焦急得不得了的。我点燃瓦斯灯，取出检眼镜，和患者相对而坐，开始检查她的双眼。可能是我的老毛病吧，我检查得很慢，她好像三叉神经痛发作了，不停地皱眉头，我依旧泰然自若地给她检查眼睛，看起来她实在受不了了，她大声喊道："腿疼，怎么这么磨蹭啊！"

这句话刺痛了我的神经，并且看到她傲慢的态度，我的心里燃起了从未有过的复仇之火。正如前面我所说的，我一般要经过一定的时间，等待机会才复仇，可是这次，我一改惯例，情不自禁地当场抓起一旁散瞳药的药瓶，就向患者的眼里滴入了两三滴阿托品。通常做眼底检查时，为了方便，会用散瞳药使瞳孔放大。可是阿托品会增加眼球的内部压力，是绝对禁止用于绿内障的。可是那个时候，因为她的眼底看不清楚，我很急躁；另外这个女患者的话严重刺伤了我，我专门犯了这个禁忌。点了阿托品以后，我还让她戴上检眼镜，她又狠狠地叫道："这样子能检查出来吗？"我眼前一黑，勃然大怒。心里面嘟囔道"你等着吧"，没说什么就结束了眼睛检查。视力检查的结果表明，她的的确确已经到了绿内障相当恶化的阶段，但是不必用眼球剔除法，用别的小手术就能治愈。我把这事报告给了S老师。

可是我的预想完全落空了。那天晚上正好我值班，半夜的时候，护士慌慌张张地把我叫醒。我赶过去一看，她正在床上打滚。一边打滚，一边痛苦地呻吟。我马上意识到她的病情加重了，或者是点了阿托品的原因。在吃惊的同时，我心里有一种痛快的感觉。先给她注射了镇痛药吗啡。第二天，S老师检查时，发现她的右眼视力已完全丧失，左眼视力虽然没有什么变化，但也开始有轻微的疼痛。于是他告知患者不抓紧剔除右眼的话，两眼都有可能失明。接下来，当着患者的面他质问我，这么严重的病情昨天为什么不告诉他，又照例不停地骂我"Stumpf"、"Dumm"……

当S老师宣布要进行病眼剔除时，我对她的一只眼睛会被挖出来而感到痛快不已，可现在S老师的这种态度，让我大受打击，刚才那种痛快的念头顷刻全无。此时，我对S老师憎恶至极。我强忍住颤抖的身体，一直对S老师强忍的复仇心理现在终于爆发了。对以美貌自居，并以此为资本的女演员来说，一只眼被挖掉这件事情肯定比死还要难受。要是我给她点的阿托品是直接原因的话，那我就成功报了仇。这样想着，我还觉得不太满足，我想再更加强烈地报复她，并且也要痛快地报复S老师。我觉得只能利用下一个难得的机会了。

请大家想象一下，当听到眼球要被剔除时，那名女患者是怎样强烈地反对啊！可是，S老师告诉她，如果不剔除的话，两眼就会失明。而且还对她说，如果巧妙地安上假眼的话，看起来会和一般的眼睛几乎没有区别。为了证明他说的是真的，他还特意带来了几个装有假眼的人让她看，在S老师恳切地劝说下，这名女患者终于同意做手术了。

眼球剔除手术通常要在全身麻醉的状态下进行，我就决定利用这麻醉向S老师报仇。众所周知，全身麻醉要用三氯甲烷和乙醚的混合液，我打算只使用三氯甲烷，这样的话，这位歇斯底里的女患者也许会在手术中死掉。同时，助教的失败也是S老师的失败，责任感极强的S老师或许会引咎辞职，说不定还会自杀呢。诸位或许会在心里暗暗地嘲笑我，"原来是这样啊，真是一个痴人计划啊"！然而，任何事的成功与否都要看机会，所以我的这个计划说不定会意外地获得令人满意的结果呢。

　　患者答应做手术以后，我便开始抓紧时间作手术前的准备。和外科手术不同，眼科的手术非常简单。一般只需S老师、助教和护士三个人进行。S老师是一个技术高超的人，他有一个毛病，他甚至不好好洗手就会开始做手术。我首先让患者仰面躺在手术台上，之后再换着侧面进行麻醉。我当然只用了三氯甲烷，我往患者的口罩上滴了大量的三氯甲烷后，不久患者就陷入深深的麻醉状态，我让护士去请隔壁的S老师。在这段时间里，我用纱布把一只健康的眼睛包起来，露出要手术的一只眼睛，等S老师做手术。

　　不久，S老师手拿手术刀，站在了患者头部后方处。平时做手术时，他都会用惯用的德语骂我，那一天，我只在意三氯甲烷了，比平时要磨蹭一些，所以S老师骂我比平时骂得更凶了。他边骂，边挖出了鲜红的眼球，迅速做完手术就走了。放在纱布上的、被挖出来的眼球和正常的眼球没什么不同，它好像仇恨地瞪着我，一瞬间，我的心里还咯噔了一下，我用镊子夹起它，迅速投到护士准备好的装有固定液的瓶子里。之后，用绷带包了起来。通常即便剔除一只眼球，为了避免对另外一只眼睛的刺激，两只眼睛都得用绷带缠起来，两天之后才能露出那只好眼睛。我把患者眼前到后脑部的头发包了起来，然后用绷带把她的眼睛包了起来，做完这些后，我把还没从麻醉状态中醒来的患者推回了病房，做完剩下的工作。对没有出现我预期的结果，我感到非常失望。

诸位可能认为我的计划果然是痴人计划，无果而终了。不过，我还抱有一丝希望。因为，我还期待着她剩下的那只健康的眼睛也患上绿内障的那一刻。

最终我期待的结果没有出现。手术后不久，患者平安地从麻醉状态中醒来，恢复了元气，当天没有再出现什么变故。可就在第二天患者开始说她左眼疼痛。摘除了右眼的眼眶当然疼了，可左眼出现疼痛该不是也患上绿内障了吧。想到这里，我高兴地在心里面叫道："机会来了！机会来了！"

那么对S老师的复仇呢？各位，如果她的左眼也患上绿内障的话，肯定还会再做一次眼球摘除手术的。我对那次手术抱有很大的希望。那可是一个绝妙机会啊，诸位。

终于到了第三天，该拆绷带了，我非常期待这一天的到来。要是拆掉绷带后，剩下那只眼看不见的话，那正是患上绿内障的表现。这不仅能进一步满足我对女患者的报复之心，也能得到机会对S老师进行报复。

那天早上，我向S老师报告，说患者那只健康的眼睛也开始疼了。老师听了以后满脸不悦地说：

"这下可糟了！"

那天他看似比较平静，没有怎么骂我。

接着我和其他助手护士一起，跟着老师去查房。患者竟然很精神，她不断要求给她早点儿把绷带取下来。我把病人从床上扶起来，用自己因兴奋而有点儿颤抖的双手，把绷带慢慢解开了。

"取下绷带后，刚开始会有些晃眼的！"

S老师提醒患者道。

绷带完全取下来以后，不用说，摘除了眼球的眼部还是被三氯甲烷纱布包裹着。女患者原本美丽的容貌一下变得很惨淡。她用露出的那只眼睛盯着前方看，眨了一两次眼后，像是想起了什么，忽然笑着说：

"S医生，别开玩笑了！赶紧把我带出暗室吧！"

听了她的话，我们大家都颇感意外，吃惊地面面相觑。因为预感不妙，谁也没有说话。我心想，我的机会终于来到了。可不知为什么竟打了个冷战。患者的眼睛果然看不见了。

接着，患者低下头，慢慢举起雪白的双手，像在水里游泳一样，从脸颊开始向眼部触摸。就在此时，她发出了一声惨叫。

"啊……哇……医生！……医生你把我的左眼和右眼搞错了！你把我能看见的那只眼给挖掉了！呜呜呜……"

眼科医生C说到这里，略略停了一下。室内弥漫着一股阴森之气。

诸位，其实患者的病眼依然在，只是她那只健康的眼球被摘除了。因为这可怕的误诊，责任心极强的S老师两天后自杀了。诸位，S老师的误诊我想你们已经猜到了吧。那是我在强烈的报复心驱使下，采取的极为简单的一招而已。其实，我只是在给患者麻醉后，让护士去请S老师的这段时间里，给患者的病眼裹上纱布，而把她健康的另一只眼露出来而已。这就是我所说的机会。怎么样？诸位，这一石二鸟的做法岂不是我这个痴人做出的完美报复吗？

血の盃

因果报应是佛教的根本思想，我们日本人受传统因果报应观念的影响，如果做了坏事的话，内心常常会感到恐怖战栗，担心自己因此会遭到报应。而且，这种恐怖一旦占据人的整个心理的话，它还会逐渐膨胀，最终导致恐怖的事件发生。杀了人之后，遭受可怕的报应，这样的例子从古至今不计其数，但都可以说是在良心自责而产生的恐怖心理指引下所招致的报应。

因为这种报应大多数都好像是偶然发生的，所以常常被叫做"上天的惩罚"或者"神的惩罚"。其实，正如Poincaré所说的一样，偶然应被看做很难找出原因的、复杂的"必然"。在奇谈怪事及因果报应故事中出现的偶然，我倒是想用这"复杂的必然"来予以解释。接下来我要讲的这个故事，就是具有这种性质的一件事。

　　这故事发生在我的故乡——爱知县某某郡某某村。明治38年时，从村里应征入伍的军人多半战死，村民们的神经高度紧张。在这种背景下，此事让村里的每个人都印象深刻。直到现在，村里人说起这件事都还心有余悸、战栗不已。

　　这个故事得从村里大财主的独生子和贫穷的弹棉花店的女儿之间的恋情说起。男的叫木村良雄，当时正在东京某私立大学上学。女的叫荒川麻子，当时二十岁，是附近一带少见的漂亮姑娘。良雄和麻子两人从小青梅竹马，两个人的家就在守护当地神社的小树林两边，他们从小就在神社的院子里经常一起玩沙子。

　　不过，随着两人年龄的增长，他们渐渐就分开了。良雄开始在名古屋上中学，而麻子则留在家中，辛勤地帮助孤身一人的父亲从事微薄的生意。良雄就是偶尔休假回家省亲，两人也只不过打打招呼而已。

　　可是，自打良雄中学毕业去东京求学以后，良雄对麻子的态度发生了改变，不再像以前那样漠不关心了。主要原因是良雄被京城的狐朋狗友引诱，知道逛妓院了。再加上他正处在热血沸腾的青春期，不难想象，麻子那纯真美丽的身影是多么能够打动他的心啊！不知是良雄那炽热的感情征服了麻子，还是麻子对良雄暗中有意，最终两人瞒着家人偷偷确立了关系。

　　现在看起来，从一开始良雄的感情里不纯的成分就居多，而与他相反，麻子的感情则极为纯洁。正因为这样，这纯洁的感情一旦破裂，就会让麻子控制不住对良雄的报复心理。

　　感情往往会带来可怕的后果，古往今来很多例子都说明了这一事实。良雄和麻子之间的恋爱关系，也因麻子的突然失明，被良雄强行结束了。这么说的话，诸位读者可能还不会对麻子有很深的同情心，但当大家知道麻子的失明其实是被良雄的恶疾传染的话，那肯定会痛恨抛弃麻子的良雄了。对麻子来说，眼睛好好的却突然瞎了，再加上自己像破鞋一样被人抛弃，该是多么心痛呀！

　　"爹啊，我可怎么办呢？"

　　她每天哭着问父亲。看着自己如花似玉的女儿如今变成这样，再想到唯一可以依靠的独生女儿变成了残疾人，以后很长的日子里却反过来要照顾她，她的父亲丹七觉得心里像刀绞一样难受。可是，良雄已经过世的父亲曾不止一次地照顾过自己家，这让丹七无法痛恨良雄。

"麻子，你就忍忍吧，一切都是爹的错。爹犯的错都报应在你身上了。"他流着泪，叹息着安慰女儿。

丹七出生于伊势地区，他诱拐了已和别人订婚的女人，他们两人一路流浪着来投奔这个村子的远房亲戚，可当时他们的远房亲戚已过世，没办法，他们就投靠了良雄的父亲。良雄的父亲富有侠义心肠，他在附近的空地上给两人盖了房子让他们住，还资助他们办起了弹棉花店。

不久，两人生下了麻子。可是刚一生完麻子，他的妻子就发疯了，不久就投河而死。丹七认为那是上天对自己的惩罚。此后，他一直一个人把麻子拉扯大。这次麻子身上再次遭到不幸，他想这还是自己所犯罪过的报应。

"在大恩人的公子面前，不能说他的不是。麻子，你就当这是自己的不幸，别再抱怨了。"

丹七为了安慰女儿，甚至恳求着说。

麻子和良雄刚开始交往的时候，丹七早已觉察到了，可由于前面所说的理由，只能装作视而不见。因为，身份悬殊太大，他对他俩的婚姻不抱任何希望。其实他对害得麻子残疾，之后又无情地抛弃自己女儿的良雄的所作所为也是满肚子怨气。

和丹七的想法不同，麻子对良雄的话深信不疑，她一直认为自己会和良雄结婚。正因为这种想法，她被抛弃时才极度悲伤。一想到良雄之前的甜言蜜语只不过都是为了满足他的情欲而已，她就后悔不迭。

即使回家休假，良雄经过麻子家时连看都不看一眼。在良雄心里，麻子的影子早已消失殆尽。和良雄的薄情相反，麻子越思念良雄，对良雄的怨恨也就越深。

三

　　那是一个冬夜里发生的事。丹七半夜睁开眼一看，突然
发现睡在一旁的麻子不见了。他吃了一惊，赶紧把手伸进她
的被窝，感觉被窝还是热的。他想着女儿或许去上厕所了，
就等了一会儿，可是一直不见女儿回来。

　　"麻子！麻子！"

　　大声叫她也不见答应，丹七预感不妙，赶紧披上衣服出
去寻找。此时，月已中天，明亮的月光照着大地，四周一片
森然，可就是看不见麻子的身影。

　　他竖起耳朵突然听到从神社的院内传来祈福拍手的声
音。丹七想着她肯定在那儿。进了神社朝传出声音的地方一
看，果然看见麻子跪在神前，一边祈福拍手，一边嘴里默念
着什么。

　　一动不动念完之后，麻子站了起来。她伸出双手摸黑往

前走，走到一棵老松树跟前，用手摸着松树后停了下来，接着从怀里掏出一个白色的木偶娃娃一样的东西。丹七屏住呼吸，蹑手蹑脚地来到她的身旁，仔细一看，原来那是一个六七寸长短的稻草人。

麻子左手拿着稻草人，把它靠到老松树上，然后右手从袖口取出一根银针来。不用说，她是要把良雄看做稻草人，钉死在松树上。就在她举起右手准备扎稻草人的时候，被丹七给拦住了。

"麻子，你要干什么？"

"爹，我好痛苦！"

刚一说完，麻子就瘫靠在父亲身上，两手捂住脸，痛哭起来。

丹七非常心疼自己的女儿，但他更为模仿"丑时参拜"的女儿可怕的心理而战栗不已。看到女儿在月光下颤抖地哭泣，丹七不由得想起自己二十年前抱着从河中打捞起来的麻子妈尸体的情形，不禁浑身抽搐了一下。

他一想到麻子如果遗传她母亲的血统，在想不开的时候，什么可怕的事都有可能做出来，就全身冰凉。

"感冒了就麻烦了，赶快回家睡觉吧！"

丹七终于把女儿劝回家躺下了。

自从这件事发生之后不久，丹七预想的事就出现了。麻子的精神上时常出现异常，每天夜深人静之后，她就会独自出门，像梦游的病人一样四处游荡。刚开始的时候，丹七还阻止她出去，没想到越阻止，她就越狂躁，没办法，慢慢地就由着她去了。

因为她白天不出门，又加之眼睛看不见，不会对别人构成伤害，丹七就由着她。慢慢地她开始在晚上爬树、上人家屋顶，村里人就渐渐讨厌起她来。最终丹七不得不把女儿看管起来，不让她晚上出门。村里的人知道情况后，非常同情麻子，但也无能为力。麻子的精神异常也一天比一天严重。

四

　　正在这个节骨眼上，突然传来良雄要结婚的消息，村里人都有一种不祥的预感。

　　良雄的母亲特别疼爱自己的独生儿子，良雄一直就在这种溺爱中长大。这次良雄和远房亲戚家的一个姑娘订了亲，他想在上学期间结婚。母亲为了能早一天抱上孙子，就欣然同意了。喜事进展顺利，就等良雄春假回家时迎娶新娘子了。

　　良雄回来以后，才知道麻子发疯的事情。此前，让麻子瞎了眼这件事，他根本就没放在心上，这次得知她因为自己而发疯，对麻子就更感到厌烦了。特别是听人说她半夜在人家房顶上走来走去，心里不禁都有些害怕了。加上这次自己要结婚了，更加不愿答理她了。因此，他决定一改以往的习惯，直到结婚那一天，都不出家门一步。

　　因为是大财主家，婚礼的准备相当烦琐，不过，所有的事情都靠亲戚和邻居们的帮忙，也没费什么事就全准备好了。就等四月初在家里举行婚礼了。

婚礼那天早上，天空万里无云，可是过了中午，天突然阴了起来，到了黄昏，新娘子到家时分，开始下起了淅淅沥沥的春雨。不过，新娘子一行顺利到达了良雄家，之后不久就准备在侧房举行婚礼。婚礼在明亮的烛光照射下，在八张榻榻米大的客厅里庄重地举行。窗外的春雨越下越大，能清楚地听见大雨敲打着院子里树叶的声音。圆脸庞的新娘子不知是兴奋还是烛光照射的原因，看起来有几分苍白。新郎官良雄显得少见的冷静。从娘家人那里频频传来闹哄哄的声音。

终于到了喝交杯酒的时候了。亲戚家的两名少女把雌雄双蝶的酒器端到了媒人夫妇和新娘新郎面前。这四个人脸上都弥漫着紧张的神色。终于，酒杯转到了新娘子面前。新娘子用颤抖的手端起了酒杯。旁边的少女给她斟了一点儿酒。就在这个时候，却发生了意想不到的事。

滴答！一滴鲜红的液体从屋顶滴到了酒杯中，把酒杯里的酒全染红了。正在大家面面相觑的时候，滴答！又一滴鲜红的液体滴到了酒杯中。

"啊呀！"新娘子一声惨叫，酒杯掉到了地上。鲜红的液体还是不停地从屋顶滴落下来，不一会儿，新娘子的嫁衣就被染红了一片。

新娘子见此情景，"哇"的一声大叫，当场吓昏了过去。

五

　　接下来，良雄家出现了怎样的骚乱，就请大家自己去想象吧。新娘子被抱到旁边的屋子里，经过从附近镇上请来的医生抢救后，终于醒过来了，可从那天晚上起就持续高烧，起不了床。

　　从屋顶滴到新娘酒杯里的鲜红液体，当然是鲜血了。

　　可人们都不知道这是什么血，并且是怎样滴下来的。大家都心有余悸，没有一个人愿意到房顶去检查检查。

　　因事出意外，极度慌张的良雄对人们的胆小怕事很不满，他决定自己去房顶看看究竟。

　　"没事，只是猫咬老鼠的血罢了。"

　　说完，他搬来梯子，拆下屋角的一块天花板，一只手举着蜡烛，径直上了房顶。

　　人们都屏息静气地听着良雄的脚步声，突然，听见一声惨叫，接着传来了什么东西摔倒的声音。

"少爷！"

"良雄公子！"

人们不停地叫着，但没人应答。

男女老少都极度恐慌，面面相觑。

一分钟，两分钟，三分钟。

房顶依然没有任何声响，又有几滴鲜血从相同的地方
"滴答！滴答！"落到了地板上。

良雄的母亲像疯了一般哭着，不停地恳求着大家去房顶
看看。正在大家犹豫的时候，娘家人叫来三个年轻人，让他
们上去看看。

三个人举着蜡烛，爬上房顶所看到的一幕，着实让人不
寒而栗。这三人说起那时的情景，至今都感到后背发凉。

房顶上，不止是良雄，在良雄仰面晕倒的正上方，可怜
的麻子用一根细带子吊死在屋顶的梁上，面目狰狞。

人们赶紧把良雄抬了下来，经过医生的抢救，不久良雄
就恢复了正常。可他晕倒的刹那，手里举着的蜡烛正好打在
他的脸上，很不幸，火烧了他的右眼才熄灭了，所以他的右
眼一阵一阵地疼。

新娘子发高烧，新郎的右眼剧烈地疼痛，婚礼在一片窘
境中结束了。人们对麻子痴心不改的可怕信念都害怕不已。

真是祸不单行。新娘子的病情恶化，转变为脑脊髓膜
炎，持续高烧大约一个月后，才变成低烧。因为脑子受到严

重伤害，她变得像白痴一样了。另外，良雄右眼的伤，引起了严重的炎症，早点儿摘除就好了，可因为耽搁变成了交叉性眼炎，左眼也产生了同样的炎症，最后，两只眼睛都失明了。

自己种的恶果还得自己品尝。良雄最终以两眼失明赎了自己的罪过，而且他的罪过也殃及了无辜的新娘子。直到最后，他才为自己对麻子所做的一切后悔不已。不久，良雄自己感到羞愧不已，无法在乡里居住，就变卖了祖先留下来的家产，和母亲一起搬到名古屋郊外，落寞地度过他的下半生去了。

麻子为何要在良雄家的侧房屋顶吊死？谁都搞不清楚。滴到新娘酒杯中的鲜血，当然是从已经死亡的麻子尸体上流下来的。这些鲜血不偏不倚正好滴到新娘子的酒杯里，不得不说这是一个有着很深因缘的偶然。

据良雄后来说，自己去屋顶一探究竟时，他说自己看见缢死的麻子向他招手，他就不由自主地靠近她了。但我想这恐怕是在不停摇晃的、昏黄的烛光下产生的错觉吧。可他倒下的一瞬间，蜡烛正巧打在他的右眼上这件事，不能简单地说成是一种偶然。

最后我要说的是，麻子的父亲丹七，在麻子丧事结束后的第二天，突然出门了，之后再也没有回来。直到现在人们都还不知道他是死是活。在村里人中间，也流传着这样的说法：在良雄结婚的那天晚上，一直看管着女儿、不让她外出的丹七，对麻子的外出不会不知道，他不会是故意把麻子放出去的吧？这到底是不是真的，谁也说不清楚。

猫和村正

猫と村正

接到"母亲病危速归"的电报后，我草草收拾行装，赶到东京车站准备乘坐回家乡名古屋的火车。我坐上了晚上八点四十分开往姬路的第二十九号列车。这趟列车最近被称做"魔鬼列车"，车上偷盗和其他犯罪的事件频频发生，成为人们恐怖的焦点。坐上此趟列车我也感到相当不舒服，可是一想到母亲突然生病，不知道怎么样了，或者说不准已经去世了，我就寝食难安。因为这趟列车是我能够乘坐最早的一趟车，所以我就购买了三等座位的车票。

尽管是"魔鬼列车"，可乘客在东京站就已坐得水泄不通。我座位正对面的椅子被一个眼戴墨镜、头戴麦秆帽、西装上套着披风的四十左右的男人占据。那人的脸色惨白，就是所谓的容貌不佳之人。我觉得他的穿戴有点儿不合时宜，看了有点儿让人不舒服，不过，我脱了鞋往座位上一坐，靠

215

着车窗，闭上眼以后，不知什么时候竟把这相貌丑陋之人的事情忘得一干二净，脑子里满是母亲的事情。如果是平时的话，我一坐上列车就会睡意袭来，可今晚我却怎么也睡不着。之后，我脑子里乱哄哄的，一会儿想起住在牛込寓所里的妻小，一会儿又想到草草做了一半的工作。

因为是梅雨季节，经过国府津的时候，雨开始淅淅沥沥地下了起来。听着滴答滴答击打车窗的雨声，我闷闷不乐的心情更加郁闷了。车厢内满是呛人的烟味。旅客中有睡着的，也有极有兴致地聊着的。昏黄的灯光映照下的人脸上总觉得浮现着一种悲伤的旅愁。可能是我的心理作用吧，我觉得人们的脸上都带着对"魔鬼列车"上其他人的防范之意。不经意间，我扫了一眼对面那个长相丑陋的人，看见他睡着了，还打着轻微的鼾声。

此时，可能是考虑事情累了，我不知不觉地打起盹来。可能是列车刚刚过了浜松的时候吧，我被车内嘈杂的声音惊醒。我看到列车长和其他工作人员着急地跑来跑去。我有一种不妙的预感，抬头一看，坐在我对面那个戴墨镜的相貌丑陋的人不知去哪里了。我问身后的人发生什么事了，才知道刚才二等车厢一位乘客的巨款被盗，引起了轩然大波。当我知道这真不愧是名副其实的"魔鬼列车"时，不禁打了个冷战。

过了一会儿，当我想去洗手间，站起来准备穿鞋时，发现右脚的鞋丢了。我吓了一跳，在座位下面找也没找到。平时我就富有想象力，此刻看到自己的鞋丢失了，马上就和二等车厢的偷盗事件联系在了一起。有了这样的推断后，我再也坐不住了。

"喂，车长！糟了，我的一只鞋丢了！"

我向正从旁边走过的车长大声喊道。其他乘客都一齐看着我，甚至有人都站了起来。

车长面带不悦，到我跟前来，先在座位下找了找，当然什么也没有。之后又在我对面空着的座位下找起来，不一会儿，他站了起来。右手里拿着一只鞋。

"不是就在这儿吗？你那么夸大其词都吓了我一大跳。"

车长责备似的说道，我有点儿不好意思，可突然发现车长手里拿着的鞋跟我的式样不同。并且竟然是一只左脚的鞋。

"车长，这不是我的。我丢的是右脚的鞋，这只是左脚的！"

听我这么一说，车长神色一变，把自己拿着的鞋和我左脚的鞋对比起来。

"哎呀！这可真是奇怪呀！莫非……"

正在这个时候，刚才不在的那个戴墨镜的人用手绢擦着手回来了，他一看见车长满脸惊讶，一下子就站到那儿了。车长立刻把注意力投到那个人的脚上，说道：

"哎呀！你怎么两只脚都穿着右脚的鞋呀？"

那人低头看自己的脚下，好像才发现似的，说：

"呀，这好像是我不小心……"

"这鞋是你的吧？"

车长举起手里的那只鞋问那人道。

"这的确是我的。"

那人红着脸答道。

车长的脸上露出疑惑的神色，他肯定认为这家伙是一个奇怪的人吧！突然，他严肃地问道：

"不过，可真奇怪，你穿着别人的鞋，怎么会注意不到呢？"

"哎呀，实在对不起，不管怎样……"

"这事不是道歉就能解决的，这种错误再怎么考虑也不会是偶然发生的。"

"可是，这真是我搞错了，请原谅我吧。我刚去了一趟洗手间。"

"要是平时的话，这是一笑了之的事情，可现在二等车厢发生了偷盗事件，麻烦你到车长室来一下！"

听了这话，那人的脸突然变得煞白。

"那么，为了给您解释清楚，我就在这说吧。其实我是一个一只眼看不见的残疾人。"

他边说边摘下了墨镜。只见他那只瞎了的右眼看起来很凄惨，我不由得同情起他来。

然而，车长并未放弃。

"可是，是别人的鞋还是自己的鞋，自己的脚不是马上就能感觉得出来吗？"

"那是因为，我的左脚是假肢。"

218

　　雨还在不停地下着，打在车窗上的水滴慢慢地流了下来。列车就像不懂我们的心情一样，用一如既往的单调的声音行驶着。当我再次注视那个人的时候，和他的视线碰在了一起。那人好像能看透我的内心一样，微笑着说：

　　"离天亮还早着呢，我给您说一说我身上发生的事情吧！"

　　我心中大喜，表示同意以后，那个人开始讲起了下面这个恐怖的故事。

　　我姓辻，在日本桥开了一家经纪人股份公司。您知道，股票公司一般都很迷信，刚才我也说了，我一点儿也不相信迷信。可因为最近我遭遇的不幸和灾难让我完全成为一个迷信家了。也就是说，从来不相信因果报应呀、吉利不吉利之类事情的人，为了证明自己生活平静，从未碰到任何不幸这一事实，反倒渐渐开始相信起迷信来了。

　　我现在拿着的，其实是我前妻的遗骨。我前妻一年半前去世，此后我家接连遭遇不幸，先是我死了后妻，之后我也变成了残废。这些不幸和灾难全是我前妻的报应所致啊。我这样说，您可能会笑话我迷信，不过听完我下面的话，您可能就明白了。因为我前妻不是自然死去的，而是自杀而亡的。

　　虽然我以前也听说过女人的执著痴迷很可怕，但我四十二年来做梦也没想到会这么厉害。她之所以自杀无外乎是因为嫉妒。她因为气愤我在外面有女人而用日本刀刎颈身亡。我是她家的养子，我们结婚两年后，父母就都相继去世

221

了，只留下我俩相依为命。我们没有孩子，这也是让她发狂的原因之一。本来她就是一个丑女人，刚开始我对和她的姻缘不太愿意，可是因为种种情况还是和她结婚了。或许这就是错误的根源。也就是说，我如果断然拒绝去她家的话，就什么事也不会发生。可我当时意志薄弱，才酿成了现在的悲剧。当时，媒人使劲劝我，说即使对方相貌不好，你也可以找别的女人啊。但可笑的是，我听了媒人的话，找了别的女人，却导致我的前妻因恨我和那个女人而自杀。

我曾在哪本书上看到过，说相貌丑陋的女人生性残忍。我的经历说明这种女人的残忍天性在死后会变本加厉。我在外面找的这个女人曾做过艺伎，这个消息传到我前妻的耳朵里以后，家里就变得整天气氛暗淡。她不光向我哭诉，有时甚至咬我，埋怨我。之后，公司的人甚至帮我将此事告上法庭。这种情况反复出现后，有一天晚上，我索性去了那个女人那儿。我不在家的时候，她用我家代代相传的叫"村正"的日本刀刎颈自杀了。

好像听说这把叫"村正"的日本刀，会给拥有它的家庭带来不幸。据说，此刀一旦出鞘，必见血光。好像拥有它的第四代主人在发疯之后，就用这把刀杀了他的妻子。我的前妻也是发了疯，然后用这把刀自杀的。要是不小心的话，我说不定也会被这把刀杀死的。佐野治郎左卫门的戏中有"笼钓瓶真锋利啊"的台词，我想那把刀就是村正吧。我家祖传的日本刀"村正"也和那把"笼钓瓶"一样，非常锋利。我说完，那人就要撩起裤子给车长看。车长这才和颜悦色起来。

"不用了，实在抱歉。"

说完，车长放下鞋逃也似的走掉了。可是那人并没生气，再次坐在我的面前。

"我把您的鞋穿错了，实在对不起。没办法，我是个残疾人，请您原谅我……"

"没关系！"

我忙制止他说。

"您身体不方便，倒是让您麻烦了，我也很抱歉。"

接着我去完洗手间回来的时候，那人从架子上的背包里拿出梨和小刀，并来请我吃梨，对他的好意我表示了感谢。心里面为自己刚才嫌弃对方的长相而感到不好意思。我没客气就吃了他给我的梨。刚才我满脑子里装的都是母亲和妻小的事情，此时才轻松了起来，同时，我开始对那人产生了浓厚的兴趣。这是因为，我的直觉告诉我，这人肯定是因为一些曲折的经历才致残的。

"您要去哪里呀？"

那人问我道。

"我接到母亲病危的电报，要回名古屋。"

"是吗？那您一定很担心吧！这种心情我深有体会。我现在也是带着妻子的遗骨回家乡大津的。"

听他这么一说，我大吃一惊，不由得直盯着那人的脸看。

"在您母亲生病的期间，对您说这么不吉利的话，实在很抱歉。"

"哪里，我从来不信吉利不吉利的事情。"

我笑着说。

这时那人却一脸认真地说：

"我以前也不相信吉利不吉利呀、因果报应呀之类的事情。可是，我死了老婆，自己又突然残疾了，之后我就不能不相信这些事情了！"

听了他的话，我突然有了一种不祥的感觉，之所以这么说，是因为平时我排斥一切迷信，今天接到母亲病危的电报，我突然无法排斥起迷信来。其实刚才听到那个人说他妻子遗骨之类的话，我突然觉得好像母亲已经病故了。

"您太太最近病故了吗？"我平静地问道。

"距离今天正好五十天。"

那人一脸悲伤地说道。我很后悔自己刚才那样问他，随后改变话题道：

"不好意思，请问您是不是参加战争而负的伤呀？"

听了我的话，那人的表情更加悲伤。

"在我妻子去世的同一天，我的眼睛和脚受伤了。所以还不太适应假肢，这才犯了刚才的错误。"

听了他的话，我虽然也很同情他，但更让我兴奋的是，我的预感没错，我非常想知道那个人残疾的原因到底是什么，可是，这话的的确确无法说出口，我只能沉默地看着窗外。

220

再睡的，可那天晚上，她觉得身体不太舒服，就早早躺下了。她一直喜欢开着灯睡觉，可那天晚上觉得晃眼，就把灯关了。我和平常一样，打开卧室的门，听到我的声音，后妻坐了起来。就在那时，我看见黑暗中发光的猫眼。

"三毛！"

我不由大叫一声。

"哎呀！"

后妻也大叫了一声，从床上跳起来，打开了灯。可是，房间里根本没有三毛的影子。我们不由面面相觑，脸上表情复杂，半是惊慌，半是放心。

"哎呀，吓我一跳。"妻子说。

"我看错了，不好意思。"

说完，我换上睡衣，让她躺下后，关了灯。在我正要睡的时候，又看见后妻枕头跟前有一个和刚才一样闪亮发光的东西。我一下子坐了起来，打开灯一开，还是没有猫。

"哎呀，怎么了？"

她吓了一跳，问道。

"没事，什么事也没有。"我回答道，声音有些颤抖。

接着我关了灯，再次躺下了。不久我再次朝她那边一看，又看见了发光的东西。我抑制住兴奋，悄悄地抬起手，朝发光的地方伸去。我使劲一抓，竟然抓住了她的鼻子。

"你干什么呢？"后妻笑着说道。我根本笑不出来，再次把手伸向发光的东西，这一次碰上了她的右眼睫毛。我心头一紧，把手缩了回来。

像猫眼一样发光的东西正是她的右眼。那个时候，我感觉我的心都快要跳出来了。

我的后妻变成了猫。

这是猫的报复！这是前妻的咒怨！想到这儿，我惊恐万分，连告诉她的勇气也没有了。那天晚上，我一夜未眠，一直在考虑这件事。第二天，我下决心不把这件事告诉她。因为我觉得要告诉她的话，她可能会发疯的。说不定是我的错觉，之后我在黑暗中仔细观察她，她的眼的确像猫眼一样会发光。

从那时起，我才慢慢相信因果报应。现在回头想想，她的眼睛发光，其实也不是什么不可思议的事情。不过，相信因果报应的心理，已经非常坚定了。

后妻全然不知此事，依然去××教会。不久，她的右眼完全失明了。她的眼睛在黑暗中不再发光，我心里还高兴了一阵儿。可是她的眼睛不仅不能恢复了，而且她的右眼慢慢突起，同时她说头疼得厉害。

有一天，她突然发高烧，卧床不起。我不敢怠慢，要请医生，她竟然同意了。前来检查的N博士，给她检查完后，把我叫到一边，小声问我道：

"起初，您太太的右眼是不是像猫眼一样在黑暗中发光？"

我很吃惊，答道："是的。"

"这是一种叫'脑神经胶质瘤'的病，是视网膜上长出的前妻右手握着这把"村正"，横刎自己的颈部。伤口竟达脊椎骨，连验尸官都吃惊不已。仅仅一刀，并且是女人的力量，都能划出这样的伤口，只能推测为刀太锋利的缘故。之后，我也亲身尝试了一下"村正"的刃口，确认了一下它究竟有多锋利。我一直认为，不管多么锋利的刀子，只要使用它的人不擅长的话，是不会很麻利地切断东西的。但尝试了这把刀之后，我才知道自己的想法是完全错误的。

我老婆自杀前留下了一封可怕的遗书，那封遗书上说，她将变成幽灵，然后杀死我的女人，并且让我变成残疾，或要我的命。果然，我们遭遇了那样的命运。

不过那时，我只是认为那是女人怀有嫉妒心的套话，一点儿也没放在心上，前妻死后半年，我和那个女人都平安无事。接着，我感到自己忙不过来，就把那个女人娶回家，做了我的后妻。恐怕这件事就是招致不幸的开端吧。

我的家里有一只从祖母时代就开始饲养的母猫叫三毛。这只猫的身体很肥大，当时我的前妻就像疼爱自己的孩子一样，疼爱这只猫。可以说，她对这只猫的疼爱已经非比寻常了。当发现前妻自杀后的尸体时，三毛就蹲在尸体上，我公司的人很吃惊，想赶走它，可它在很长时间里怎么也不愿离去。三毛一点儿也不喜欢我的后妻。我的后妻想抱抱它，它一定会抓她，之后逃走。在前妻活着的时候，我就不太喜欢三毛。前妻死后，三毛好像对我也开始抱有一丝敌意了。三毛常常静静地蹲着，凝视着我们。看到三毛凝视我们的眼神，我和后妻不禁浑身不适。慢慢地，后妻说那只猫带着前妻的灵魂，请求我把它扔掉。第一次我让店里的人把它带到牛込一带扔了，可过了两天它又好好地回来了。我们越来越讨厌它，之后，把它扔得更远，可每次扔掉三四天后，它肯定自己会回来。后妻曾想过干脆毒死它算了，可是有点儿担心它的怨灵来报复，最终没有实施。

就这样，前妻死后过了一年多，有一天，后妻突然说，右眼模糊，看不清楚东西了。我马上劝她去看眼科医生，可我后妻是××教的教徒。她认为祷告一下就会好的，不去看医生，而去附近的××教教会祷告了，然而眼睛却越来越看不清楚了，我一味主张她去看医生，可后妻相当顽固，执意反对。

有一天，后妻从××教教会回来，对我说，向神祈祷之后知道自己的眼病是我前妻的冤魂作祟，三毛身上带有我前妻的冤魂，所以只要三毛在的话，眼病就不会好。因此，她以后要祈祷让三毛消失。我对这种事情能否应验，内心极为怀疑。

但不可思议的是，从那时起不久，三毛突然消失了。过了十天，甚至二十天，它都没有回来。后妻听说后大喜，越来越相信神灵的法力，也乐观地认为自己的眼病马上就会好的。

可是她的眼病一点儿没见好，反倒越来越看不清楚了。即便这样，后妻只相信××教的法力，而不去看医生。

一天晚上，我回家很晚，平时后妻一定要等我回家之后感染化脓，不得已从膝盖以下截掉了。后妻的丧事在亲戚朋友的帮助下进行了。我住了四十天医院后，安上假肢能自己走路了。三毛此后一直未见踪影，永久地消失了。我深信，我变成残疾也是前妻的诅咒所致。"

他讲完时，雨停了，天也白蒙蒙地开始放亮了。在名古屋和那个人分别后，我直奔到家一看，母亲因为脑溢血已陷入严重的状态，四天以后，虽然一度恢复意识，但最后还是故去了。我一直认为在列车上听到的那令人恐怖的故事，就是母亲死亡的前兆。

的恶性肿瘤。这种病小孩比较常见，大人有时候也会得。像猫眼一样发光的时候摘除就好了，可是现在为时已晚了。"

"您说为时已晚，是不是说她的右眼已无法医治了？"

我担心地问医生。

"不！遗憾的是，肿瘤已扩展到脑部，并且并发急性脑膜炎，已经没有恢复的希望了！"

听了这话，我犹如五雷轰顶，后悔得直跺脚，可已经来不及了。

从那天晚上开始，后妻因高烧说起了胡话。

"三毛来了！"

"三毛来了！"

……

就这样不停叫喊着。第三天下午，二十七岁的她闭上了眼睛。即便我知道她的眼病不是什么不可思议的原因，我依然坚信她是被前妻冤魂的报复害死的。我开始在心里诅咒前妻的冤魂和携带那冤魂的三毛。要是三毛那个时候在家的话，我肯定对它极度憎恶，乃至会打死它。

我把她的尸体搬到了客厅，因为这个客厅带有走廊，前面靠近庭院，那是她生前最喜欢的房间。我取下木窗，让她的脸冲着庭院，点燃了一支香。香的烟飘在院子里新长的绿叶间，这种情形是我至今难以忘怀的最悲痛的印象。

接着，在旁边的房子里，我和亲戚们一起商量了丧事及相关事情的准备工作。

但片刻之后便有公司里的手下人慌慌张张跑来找我。

"老板，不好了，三毛出现在院子里了！"

一听这话，我愤怒得血直往头顶上冲。我想，向三毛报仇的时刻终于到了，我跑到里间，把日本刀"村正"拿了出来。可一打开停放尸体的客厅的拉门，只见三毛一动不动蹲在尸体上。

我"噌"的一下拔出了刀，三毛可能感觉到了我的杀气，一下子跳起来，跑到院子里去了。我也追到了院子里。看见三毛正在爬院子里的杉树，追上去"咔嚓"一下朝三毛砍去。

最后只感到手发麻。

正感疑惑时，我突然觉得自己的左脚和右眼像灼烧一样地疼。

本来想着砍中三毛了，结果被它逃脱了。只是把直径五寸见方的杉树树干砍成两节。上面的一节树干倾斜着倒下时，它的尖刺入我的左脚里。同时，一根树枝尖"扑哧"一下刺入我的右眼。

讲到这儿，戴墨镜的男人叹息了一声。列车依然发出同样的声响，可我感觉，自己像被带到了一个恐怖的世界里去了。

"哎呀，我讲的故事太长了吧！"

那个人继续讲道：

"之后，我被马上送进医院，只是右眼瞎了，左脚因为

　　我在京都的一所高中上学时——好像是明治41年吧——决定利用寒假，一边拜访名胜古迹，一边徒步从京都回家乡名古屋。这区间的路程如果坐火车的话需要五小时，如果是恶七兵卫景清的话，可能十小时也用不了。我想用五天时间突破它，所以这是一次很轻松的旅程。我旅行时，最讨厌和别人搭伴。那次也是一个人从学校的宿舍开始出发的。从小喜欢冒险的我，对那次旅行也充满了别人不屑的期待。希望碰见意外的、能让自己的青春热血沸腾的事；或者最好是能卷入一夜就能让人头发变白的恐怖事件；最起码也应该遇见古老传说中出现的芝麻绳；或是邂逅寻找父母下落的女香客，听她诉说自己的悲惨身世，然后动情地安慰她。可真正一上路，才知道根本就没有自己所想的那种传奇故事。时不时会碰见出来散步的结核病人，他们的眼神不好。即便有时能碰见香客，也都是些六十多岁的老婆婆。总之尽是些让人毫无兴致的事情。有时经过像广重横幅画里一样的、有一排排松树的小路，坐在路边破烂的茶摊上，看见摆出来的牛奶糖落满灰尘，那种一定要穿过五十三个驿站的豪情壮志顷刻之间就灰飞烟灭，让人感到失望至极。不过到了晚上，我会刻意挑选那种肮脏的旅馆，住在狭小、臭烘烘的房间里，才能深切体会到旅途的寂寥。只有这种旅途的寂寥，才让我感到这次旅行的意义。

　　我就不说途中那些无聊的事情了。第三天时我进入了美浓国。本来我打算去拜访著名的古战场S原的，可迷了路，被困在了毫无人烟的山里。可我觉得迷了路是老天爷冥冥之中的一种安排，是步入我梦寐以求的梦幻世界的第一步。或许还会被人们常说的狐狸精给迷住了呢。想到这里，我冒险的心理从心底油然而生。我心里一点儿也不害怕，反倒感觉很兴奋。我决定就这么走下去，能走到哪儿就算哪儿，就是晚上睡在树下也没关系。于是，我沿着毫无人迹的小路不停地往前走着。

　　可是，午后阴下来的天空，到傍晚时分却看起来像要下雪的样子，而且不一会儿工夫，就白蒙蒙地飘起雪花来。我这时也害怕起来，想要赶紧找一个水车小屋之类的地方躲一躲。不顾饥饿和疲劳，我摸黑一口气爬上了一座相当高的山顶。抬眼一看，山下不远处还可以看到人家的灯光。我一下子打起精神，下山朝那个村子走去。那时雪已经下得相当厚

疯女人和狗

狂女と犬

突然想起刚才在院子里听到的摇篮曲。

"寺庙里是不是有时会有孩子呀？"我径直问道。

和尚刚开始好像没听懂我这句话的意思，停了一会儿才微笑着说：

"这座禅寺里只住着我一个人。你为什么会问这样的问题呢？"

听他这么一说，我不禁全身都起了鸡皮疙瘩。

"是吗？可是刚才我进寺院时，明明听到这附近有人在唱摇篮曲啊！"

听我这么一说，和尚的脸色突然一变。

"欸？是真的吗？"和尚把头探近火盆，确认似的问道。

"没错，我清清楚楚地听到摇篮曲，而且把歌词全都记下来了。小乖乖睡觉觉呀，轻轻摇呀！……"

"我知道怎么回事了！"和尚一下子打断我的话，"晚上太黑，你可能没看清楚寺庙左手边是一片墓地，你听到的摇篮曲就是从那边墓地下面传出来的。"

"啊？！"我大吃一惊，身子不由得晃了一下。

"嗯，也难怪你吃惊呢！现在的人，说起幽灵和妖怪，没人会相信的。可这个世界上，真的存在用道理难以解释的怪异现象。三年前，我这儿埋葬了一个疯女人和她的婴儿，还有一条她珍爱的狗。一到晚上，从她的墓地里就会听到唱摇篮曲的声音，但这歌声并非什么时候都能听到。总之，大家都认为，这个疯女人的灵魂和她生前一样，一直在这附近徘徊。"

听他这么一说，我感觉就像被当头泼了一盆冷水，全身发凉。猛然抬头看到对面壁龛上挂着的达摩像，可能是我的心理作用吧，我竟然觉得达摩那双大眼睛突然对我眨了一下。不过，我心里的恐惧还是很快就消失了，取而代之的是强烈的好奇心。

"要是您愿意的话，我倒很想听听这个疯女人的故事，可以吗？"

说完，我盯着和尚的脸，看他怎样回答。

"是呀，年轻人的兴趣可能比较浓吧。那好，我给你讲一讲这个故事吧。"

说完，和尚把壁龛前的炭筐拉过来，往火盆里加了点儿炭。窗外的风声越来越大，雪打窗户的声音不绝于耳。

一旦要真正说起来，我还真不知道该从何说起好呢。对！应该先从这个疯女人的身世说起。

这个疯女人的名字叫阿蝶，她并不是一个天生的疯女人，而是在她爹死后，遭遇了悲惨的命运才发疯的，她死时才二十岁。阿蝶是乡下少见的漂亮姑娘，可她的身上却流淌着可怕的血液，简单说，她有麻风病血统。据说患有麻风病的女人长得都很漂亮。阿蝶长相出众，或许也是这个原因吧。阿蝶十八岁之前一直和她爹一起生活。她爹因麻风病长期不能下床，村里人谁也不愿意接近他们。她爹好像是九州了，周围一个人也没有，只从远处传来流水的声音，让人感觉仿佛进入了另外一个世界。虽然我提前也作了御寒的准备，可那时风声肆虐，就算是在人家屋檐下露宿一晚也会让人受不了的。于是，我鼓足勇气，打算无论如何也要在别人家里留宿一晚。

不久，我就到了村口，借着窗口透出的灯光，知道最靠边的一家是一座寺庙。我像发现了救命稻草一样心中窃喜，随后就进了没有门的寺院。这时，突然不知从哪儿传来了人声，我停住脚步仔细倾听，原来是一个女人的声音，正在唱摇篮曲。

> 小乖乖睡觉觉呀，
> 轻轻摇呀，
> 小乖乖的保护神去了哪里呀？
> 去了山那边的村子了，
> 买来了村里的什么特产呀？
> 咚咚打鼓吹笛子呀，
> ……

我被那美丽、清脆的曲调所吸引，静静地站在原地仔细聆听。那摇篮曲又被反复唱了三遍。当最后一节随风飘走以后，我才突然回过神来。环顾四周，发现一个人影也没有，左手尽头，模模糊糊地只能看见一个石塔的影子。这让喜欢冒险刺激的我都感到一丝异样的恐惧，赶紧朝住人的房子奔去，"咚咚"地敲起门来。

门里传来了应答声，不一会儿门开了，出来一个五十岁上下的和尚，看样子像是这座寺庙的住持。和尚借着挂在门框上的油灯的灯光，吃惊地上下打量着我。我简单地把情况说了一遍，并请他让我留宿一晚。听了我的话，和尚笑着说：

"你的情况可真是麻烦呀！快请进来吧！"说着便把我热情地招呼进屋。

"请这边来。幸好里面的屋子还生着火呢。"和尚说着，举着油灯，把我领进了房间。六榻榻米大的房间里，火盆里的火燃烧得正旺，暖和得让人感到窒息。房间一角，放着书桌和书柜，书桌上一本日文书籍打开着。和尚把灯放在书桌上，从衣橱里取出被褥给我。

"我想给你做饭吃，可雇来做饭的老婆婆晚上回她村里的家了，我又什么都不会做。幸亏我这儿还有别人送来的蛋糕，就请你将就一下吧。不过，我可以给你冲一壶热茶。"

说完，和尚提起咕噜咕噜作响的烧水壶，把滚烫的热水倒入茶碗里，然后打开桌旁的蛋糕盒，请我吃蛋糕。我没有客气，接住就吃起来了。

接下来我们聊了很多事。和尚是个性格开朗的人，他对我的学校生活和京都的事情很感兴趣。可能这些话题是住在深山里过着单调生活的人很难听到的吧。

聊了一些闲话后，我的身体也慢慢暖和了过来。这时我

236

那时，阿蝶的家里已经变得一贫如洗了，就连当天吃什么都犯愁。小白常常从村里的饮酒屋等地讨来肉片儿，叼回去让阿蝶吃。村里人很同情阿蝶，也经常把蔬菜和米袋放在小白嘴边，小白就会忠诚地把这些东西叼到阿蝶手边。

可那冷酷无情的五个恶棍，就连小白嘴里叼的东西也不放过。他们残暴的行为到底要持续多久啊！

刚开始，小白还会反抗，可后来因为害怕被棒子打，只要被他们看见，它就把嘴里叼的东西赶紧交给他们，然后再逃走。虽然是条狗，它心里肯定也觉得很遗憾吧。它只是暂时使用不抵抗主义而已吧。其实，这个世界上啊，只怕有些狗比人还更要聪明呢。和别的狗不同，小白从不吠叫，可能它想彻底执行不抵抗主义吧！人类的不抵抗主义者都喜欢诉说、抱怨，仅仅就这点而言，狗无疑要比人类更出色些。

闲话少说。不久阿蝶就生了孩子，是一个可爱的男孩儿。村里人知道后，在替她高兴的同时，也都暗地里为她悲伤。父亲是五个恶棍之一，母亲又是麻风病人，这孩子的命运真是凄惨啊！

而且——雪上加霜，生完孩子以后，阿蝶的精神变得更加异常了。

生了孩子不到三天，阿蝶就抱着哇哇大哭的婴儿，披散着头发，光着脚开始在山间原野疯跑起来。她睁着像黑水晶一样美丽的大眼睛，一边诅咒着天那一边的人，一边唱着你刚才听到的摇篮曲，漫无目的地徘徊着。

　　　　去了山那边的村子了

　　　　……

　　那朗朗的歌声在山间回荡，听得村里人无不潸然落泪。小白有时跟着她，但为了寻找两个人的食物，它一直都在到处忙碌。阿蝶见了人已经分不清楚是谁了。我靠近她，她只是对我傻笑，好像已经不认识我了。但可能是本能吧，她还是不会忘了给孩子喂奶。她是在三月底分娩的，虽说山里还有点儿冷，但原野上，蒲公英花已经开放，她经常摘蒲公英花逗自己的孩子玩。

　　阿蝶发疯的程度越深，她对五个恶棍的仇恨之情也表现得越来越明显。腼腆的她，之前一直把怨恨深深地埋藏在心里，可能是发疯之后自制力减弱的原因吧，她对五个恶棍的复仇心理，以不可阻挡之势表现了出来。当然那个时候，她已经分不清楚那五个恶棍了，但那刻骨铭心的复仇念头非常强烈，只要她还活着，甚至就算死去，也不会被轻易地忘记。

　　村里人路过她家门口时，她总是对小白说：

　　"小白，快去咬仇人！"

　　她就像对小白施催眠术一般，一直盯着小白，于是，小白就好像听懂了她的话一样，张着嘴吐着舌头，两只前腿前伸，摇着尾巴，就像人点头表示明白了一样。不知道小白知不知道她发疯了，但它的确是一条很有智慧的狗。阿蝶偶尔一带武士家族的遗老，距今十年前，因患麻风病的缘故，为避人耳目来到这个深山里，在离村很远的地方住了下来。因为他相当有钱，和女儿一直生活得衣食无忧。可不到两年，阿蝶爹的腿脚慢慢站立不起来了，最终瘫痪了。那以后的四年间，他只能在阿蝶的细心照料下生活。村里人完全不和他们交往，可想而知他们的生活是多么寂寞啊！我不害怕麻风病，时不时还会去看看他们，可这还是引起了村里人的不快。因为我这座寺院是靠村里人的布施盖起来的，自然和他们一样，我也应当回避才对。阿蝶家里还有一条名叫小白的大狗，这条狗非常聪明，是他们父女最好的朋友。尽管阿蝶对她爹的照料一直都很细心，可她爹还是在四年前去世了。阿蝶悲痛异常，好像从那时起，她的精神就开始有点儿异常。不过当时极其轻微，我去她家时根本看不出来她有哪些地方不正常。可村里人依然不愿接近她，她可能才变疯的。在她爹死后，我曾劝阿蝶去别的地方，可她很顽固，就是要住在这个地方。她这执拗劲儿恐怕也是她发疯的一种表现吧！最终阿蝶和小白一起开始相依为命。

要是一直这样也就罢了，可此时却有一个天大的灾难降临到了阿蝶身上。是什么事呢？原来阿蝶爹死后不到两个月，在相当于这个村子鬼门的一座山上，不知从哪儿搬来了五个恶棍。那座山你刚才应该经过才对。他们在那座山上搭了一个小茅草屋就住了下来。这五个恶棍，听说来自飞驒国的深山，就是从前所说的山贼。他们一到晚上就跑到村里偷菜、抢鸡，为所欲为。后来白天也在村里成群结队、横行霸道、强伐树木、欺负小孩。谁只要稍微一反抗，马上就会遭殃，所以村里人都假装看不见。你可能难以想象，在明治时代竟然还有人敢这样明目张胆地做这种事！对他们这些人，警察也没办法。毕竟只有到了一定程度的暴力，警察才是可以镇压的。

终于，这五个恶棍盯上了可怜的阿蝶。哎呀，想起来都害怕。阿蝶就像被恶鹰盯上的麻雀一样。他们潜入阿蝶家，轮奸了阿蝶。之后还一直把阿蝶家当做他们的据点，让阿蝶像小妾一样伺候他们。村里人虽然非常同情阿蝶，但也无能为力。阿蝶和小白肯定每天都是在悲惨中度过的吧。她柔弱的身体和屈辱的内心肯定在时刻准备着报仇。小白虽说是一个畜生，但它非常聪明，当时肯定明白阿蝶的心情吧。因此后来阿蝶在小白的帮助下，终于报了仇。

话说不久，阿蝶怀孕了。她怀上了恶棍的孩子。命运到底还要捉弄阿蝶到什么时候才肯罢休啊！在怀孕的同时，阿蝶的精神越来越异常了。我是后来从医生那儿听来的。据说人一怀孕就会经常出现一些奇怪的嗜吃现象，平时尝都不尝的东西突然会爱吃起来。阿蝶好像嗜吃很厉害。她喜欢吃土，吃烟灰，也吃青虫，有时甚至捉来蛇剁了吃。在给恶棍们做饭时，她也经常放进去青虫，或给菜上涂上蛇血。最后那五个恶棍也受不了了，他们终于逃出了阿蝶家，回到了以前的茅草屋中。只有小白依然忠实地跟着自己的主人。

们吧"，之后把肉块儿放在路边，转身跑走了。

得到意外的收获，五个恶棍大喜过望，决定马上煮了它，好好喝一杯。于是就把肉块拿回他们的小屋了。接下来的事并不是我看到的，只是综合后来知道的事实推测出来的。接着，在五个恶棍的小屋中，快乐的酒宴就开始了。在微弱的灯光照射下，他们一个个面貌狰狞，活像地狱里的鬼一样贪婪地觊觎着桌上的酒肉。

第二天，恐怕是这个村子从未有过的最恐怖的一幕，被一名樵夫给发现了。在半山腰的小屋里，五个恶棍的尸体横卧一地，炉子的上面还放着锅，酒杯和酒壶七倒八歪，一片狼藉。

说到这儿，和尚停下来喝了一口茶。窗外暴风雪的声音越来越厉害。我急切地想知道接下来的结果。

"为什么五个人会死了呢？"我喘息着问道。

"樵夫最初发现时，因看到周围一片杂乱，认为是五个人发生口角，互相殴打死去的。可是四周并无血迹，只是席子上面到处都是呕吐物，才认为是食物中毒。果然，据后来验尸的医生说，五个人的死是食物中毒所致。"

"那么，是不是吃了小白叼来的马肉中毒了呢？"

"正是。不过，小白叼来的并不是马肉。后来听马肉店伙计说，他被五个恶棍追赶，匆忙逃跑时好像碰见小白嘴里叼着什么从自己面前经过。从事情的前后经过来考虑，五个恶棍肯定认为小白叼来的一定是马肉，所以他们想都没想就把它给煮了。其实他们吃的不是马肉，而是让人大感意外的东西。"

"那是什么呢？"

"医生检查了盘子里的剩肉，断定是胎盘。"

"胎盘？"我都不相信自己的耳朵了。

"是的。"

我感到毛骨悚然，盯着和尚的脸说不出话来。

"那么，那是阿蝶身体里的胎盘吗？"我感到有点儿恶心，不过还是忍不住问道。

"那就不清楚了。小白不会说话，阿蝶又依然发着疯。不过，根据医生的鉴定，那个胎盘虽然看起来比较新，可是里面已经开始腐烂。因为腐烂而产生的病毒，让这五个恶棍痛苦得七仰八翻，最后丢了性命。而那个时候，村子里并没有人生孩子，所以可以推测那极有可能就是阿蝶的胎盘。"

听了他的话，我感到非常震撼。尽管那五个人是恶棍，但想象着他们极其痛苦地死去那一幕，还是让人感到一种非同寻常的感觉。

和尚继续说道：

"听说这事情以后，村里人都说发疯的女人和小白终于报仇了。可到底是小白为了报仇有意那么做的呢，还是阿蝶让小白叼着胎盘去的呢？或者是纯属偶然呢？这谁都不知道。不过，五个恶棍死了以后，阿蝶就不再说'小白，快去放下孩子外出的时间，如果孩子哭闹的话，小白就会跑到孩子旁边，一边摇着尾巴，一边装模作样逗孩子玩。或许，它很清楚主人为何而发疯吧。实际上，我后面还会告诉你，小白成功地给阿蝶报了仇。我前面也说过了，小白自己也被那五个恶棍欺负得很惨，一有机会它自己可能也想报仇吧。总之，小白抓住了这次机会。当然，小白不能像人一样说话，无法知道它真实的想法，但至少从结果来看，这五个恶棍被小白整死了。

我经常从古书中读到很多关于聪明的狗的故事。例如我读过为了疼爱自己的主人而去殉难的狗、代替主人去死的狗、帮助主人救急的狗等故事。我想小白也属于这种很聪明的狗。我每次看到小白，都会联想到圣贤之人。人们说大智若愚，小白看起来就有点儿木讷。听说古希腊有一个叫什么的哲学家，一直生活在桶里。对！叫第欧根尼，每次我看到小白时就会想起他。小白看起来像在迷糊打盹，其实不然，它是在动脑筋呢。它开动脑筋，终于用可怕的方式向五个恶棍报了仇。

那是四月初的事，五个恶棍在山上不停地砍伐树木。他们大声聊着，大声唱着。这五个暴君都哼着歌，个个扬扬得意。光听到那歌声就让人感到恐怖不已。所以他们在山上砍伐木头的时候，村里人都故意绕开走，避免碰见他们。因此那天山脚下的大路上，几乎看不到一个人影。

不久，却有一个中年伙计骑着自行车经过那里。虽说是山路，但不太陡，完全是可以骑自行车的。这个伙计是马肉店的雇员，他经常从二里外的镇上给村里的饮酒屋送马肉。他也深知那五个恶棍的厉害，可因为骑自行车无法走小路，再加上他觉得跑得再快的恶棍也追不上自行车的，所以就冒险沿这条路而来了。他经常在自行车的后座上绑上筐子，筐子里装着马肉。

那时天已经快黑了。恶棍们早已发现从对面过来的送肉伙计了。他们纷纷跳了出来，挡住了去路，一齐举着双手朝伙计冲了过去。伙计大吃一惊，不过他身手敏捷，轻轻从自行车上跳下来后，马上掉转车头，再次跳上车沿着刚才来的路又逃了回去。

"把马肉给我拿过来！"

"放下马肉！"

五个恶棍不停叫嚣着，从伙计的身后追了上来。可他们当然追不上骑自行车的伙计了。五个人面面相觑，苦笑着坐在路边，惋惜地看着远去的马肉店伙计的身影。

马肉店伙计的身影慢慢消失在了暮霭之中。五个人嘴里嘟囔着，正要起身的时候，突然看见从马肉店伙计消失的暮霭中跑过来一个白色的东西。临近一看，原来是阿蝶家的小白嘴里叼着一大块肉跑了过来。五个恶棍认为马肉店的伙计在匆忙逃跑时，从筐子中掉出来的马肉被小白叼了过来。他们正要捉小白时，小白却和原来一样，发挥不抵抗主义精神，好像在说"我就把好不容易得来的猎物痛痛快快送给你

因鼻子引发的杀人事件

鼻に基く殺人

咬仇人'这句话了。不过，她依然还是抱着孩子一边唱着摇篮曲，一边在原野上疯跑。一年以来一直困扰这个村子的恶魔终于被除掉了。村里人为了表示感谢，之后让小白给阿蝶送食物的人越来越多了。

"然而，悲惨的命运还是不肯放过这可怜的人。五个恶棍死后不到一个月，阿蝶家竟突然起火，把阿蝶、孩子和小白都烧死了。人们流着眼泪把三具尸体埋葬在这座寺庙的墓地里。直到现在，从墓地里还时不时能听到阿蝶唱摇篮曲的歌声……"

听了这个悲惨的故事以后，那天晚上，我一直都在想着阿蝶的遭遇，一晚上都没睡着，有了这个故事，我才觉得这次旅行没有白去。

　　"小弘马上就回来了，一会儿让他带你去医院看看！"

　　由纪子坐在院里的长椅上，一边给爱犬比利用纱布擦眼睛和鼻子，一边用对孩子说话似的口吻对比利说。

　　"快点儿好起来吧，中午我给你做好吃的！"

　　比利看起来没有一点儿精神，只是蹲在那儿摇了摇尾巴。它刚从重病中恢复了过来。因呼吸器官受损，它差点儿死掉，原本漂亮的黑毛也因此失去了光泽。春天的阳光透过红梅树杈落在了由纪子雪白的肌肤上，这让身边的比利看起来更加憔悴。

　　"这样就可以了吧！怎么样？让我看看吧。嗯，确实漂亮多了！"擦完后，由纪子这样说着，扔了手中的纱布，然后从围裙口袋里掏出饼干来喂比利吃。比利撒娇似的把脖子搭在由纪子的腿上吃着。

　　由纪子自己也一边吃着饼干，一边鼓起圆圆的胸脯，用她那曾得过病的肺尽情地呼吸着春天的空气。她和弟弟小弘一起过着恬静的生活，像疼自己孩子一样疼爱着爱犬比利。

　　"小弘回家可真晚啊！肯定又顺路去别处了吧。真是个坏家伙！"

　　突然，扩音器里传来了午间文娱演出开始的声音。已经是十二点十分了。

　　"对，该给你吃药了，你等一下哟！"

　　她边拨拉着膝盖上的饼干渣，边站了起来。比利一下子肚子着地，从她腿上滑了下来，它赶紧伸出了前腿。

　　刚才广播结束时就应该给比利吃药的。她为自己的疏忽而感到不安，赶忙跑到走廊的收录机前去拿药，结果却没看到比利的药。

　　"听到转播开始时的声音，就该给比利喂药了。这样的话，姐姐再怎么健忘也不要紧了！"

　　比利生病时，小弘曾这样提议，于是他们就一直把药袋放在那里。由纪子想了一会儿，

　　"对了，今早小弘用牙签喂它了，可能……"

　　她嘟囔着上着楼梯。上了一半，她又猛地站住了。要是去了二楼小弘的房间，肯定会被他知道的呀！小弘有个奇怪的习惯，他不喜欢别人进他的房间。当他不在时，她有时进他的房间，过后他就会责备她，说拉门门槛下本来画着线的，现在位置却不同了，砚台盆的指纹不是自己的，房间里

的蜘蛛网怎么破了？书放得乱七八糟，等等。

"是不是你的房间藏着什么秘密啊？"

由纪子有时这样问。

"什么呀！哪儿有什么秘密？只不过我的房间是我的私人空间，再加上灰尘太大，对姐姐的肺不好。"

小弘就只会这么说。

因此，打那儿以后，由纪子再也没有去过小弘的房间了。可给正在恢复中的比利喂药时间晚了可不行，于是她果断地上了楼，毫不犹豫地拉开了客厅旁小弘房间的拉门。

"哎呀，真脏呀。"

由纪子不由皱起眉头来，房间里乱哄哄的，连落脚的地方也没有。书桌、火盆和被子堆在了一起，周围书呀、报纸呀、杂志呀、纸屑等摆了一地。"你的私人空间可真够戗！"由纪子嘟囔着，不由得想笑。门楣上有两个隔挡，里面杂乱地堆着一圈空香烟盒。墙角橱柜下的地板上歪歪斜斜铺着被褥，蔓藤式花纹图案的洋布窗帘只拉着一半。

由纪子站在小弘的门口愣了老半天，之后环视了一下室内。还好，药袋在木箱子上面放着呢。她踮着脚尖，伸出她那雪白的手臂取了下来。

她突然发现药袋下面放着一个比剪切本还小的黑鞣皮小本子。在好奇心的驱使下，由纪子打开了封皮。

"犯罪的魅力远胜过生命的魅力"。

在粗笔写的这行字旁，贴着从报纸上剪下来的纸片。

弹药爆炸，生命垂危
枪支爱好者的横祸

三日下午六时左右，位于本府大崎区桐之谷×街的无业人员近藤进家里，突然"轰"的一声，从窗口喷出白烟。目击者迅速赶来营救。该房屋主人、枪支爱好者近藤进（30岁）全身被火烧伤，倒在书房的地上，痛苦不堪。之后被立刻送往附近医院，接受紧急抢救。他的脸部及上半身被炸得血肉模糊，惨不忍睹，生命垂危。爆炸原因及相关事宜目前正在调查当中。

炸药爆炸被认定为过失所致

本月三日六时半，因火药爆炸导致生命垂危的本府大崎区桐之谷×街的枪支爱好者近藤进（30岁），虽然一度清醒，但最终于四日上午九时死亡。根据之后的调查结果显示，近藤氏于五个月前痛失爱妻，因而产生厌世心理，警方怀疑此事系其自杀所致。由于该氏当天在书房给猎用两连发枪筒中填充弹药时，过失操作引发爆炸。另外，该氏死前和用人老婆婆一起生活，在不到半年的时间里，家里连遭不幸，附近居民都表示非常同情。

　　这两张剪贴报之后，又写着"犯罪日记"四个字，这是小弘的笔迹。那纤细的字迹一直持续到后面好几页。由纪子被完全吸引住了，她蹲下来开始读了起来。

　　　很高兴我还能写犯罪日记。在透过监狱铁窗的月光下，抛开绞首台的阴影而写成的犯罪日记，对作者来说可能不会有一丝喜悦之情吧！然而我怎么样呢？我毫无悔恨之情，只是充满喜悦地像平时一样，把自己所犯的罪行一一记录下来。对我这样的恶魔，请流下感激之泪吧！

　　　近藤进的过失之死其实是他杀所致，而我就是杀他之人。这一秘密，只有恶魔我才知道。如果我现在不把真相写出来，可能永远也不会被人所知了。但永远不被人知道真相实在太可惜了。就像有个民谣这样唱道："掩藏两人不该被人知道的关系，实在太可惜。"那种心理就和我现在要把真相写出来的心理一样。

　　　近藤进其实和我形同路人，但我为何要对他起杀意呢？直截了当地说，是因为他的鼻子。他的鼻子让我感到很不顺眼。那到底是他鼻子的什么地方让我感到不顺眼呢？直到现在我自己也搞不清楚。并非因为他的鼻子巨大无比，也不是因为他的鼻梁太低。既不是因为他的鼻子弯了，也不是因为他的鼻子朝天。可第一次和他在路上擦肩而过时，我就不禁全身震颤。他让我感到浑身不舒服！我觉得不消灭这个鼻子的话，自己就活不下去。所以，从那一刻起我就决心杀死他，并且一直尾随着他。

之后，我便开始专心地研究起他的生活习惯来。我知道他家能轻易潜入、他和用人老婆婆两个人生活、他爱好枪支，经常在书房填充炸药这些事后，我制订了一个天衣无缝的杀人计划。之后就等待时机到来了。

三号——具体说是十二月三日下午，我照例朝近藤进家慢悠悠地走去。晚霞染红了西边的天空，麻雀聒噪地唧唧喳喳叫着。过了街头点心店五六户远的地方，突然碰见了一个从对面慌慌张张小跑过来的老婆婆。她跑到鱼店前站住说：

"刚才女儿打发人来通知我，说她快生孩子了，我得去一下。我锁好门出来的，要是我家主人路过你这儿的话，请你告诉他一声。"

"那可得恭喜你了。没问题，我会转告的。"

"我家主人会六点左右从千叶回来的。那就拜托了！"

"好的！好的！"

鱼店主人大声答应着。

听了她们的话，我知道自己一直等待着的机会终于到来了。我迅速来到他家所在的文化小区跟前，悄悄地潜入他家。所幸的是，他家里的窗子上都拉着厚厚的窗帘，屋子里黑糊糊的。这样我就可以放心地动起手脚来了。

先从储藏室里取出火药罐，放在亮着昏黄灯光的厨房里。接着打开书房门。显然门口的柱子内侧有电灯开关，可我不敢开灯，只能从地毯上摸着来到房子中间，把放在那桌子上的台灯开关拔掉。这样要开灯的话就需要两道工序。然后取下台灯搬到了厨房。检查后发现，台灯上装着的是常见的100伏60瓦的消光氙气灯泡。我立即取出随身携带的锉刀，开始锉灯泡的底端，不一会儿就听见"噗"的一声。

我从刚锉出来的直径4毫米左右的窟窿眼儿往灯泡里看，灯泡里面就像个带有毛玻璃半圆形屋顶式的建筑物一样，充满了美丽柔和的感觉。就像在撑开的洋伞骨架里，一根钢琴弦似的钼金属线，犹如蜿蜒的银色小蛇般被绕在庄严肃穆的玻璃棒和两根铜柱上。让人觉得蹂躏着看似不大，却充满诗情画意的庄严国度，要远比杀死一个人更加令人惋惜。

我一下子从幻想的世界里苏醒了过来，赶紧把锉刀装进口袋。然后用纸叠了一个漏斗，开始把火药往灯泡里灌。比罂粟粒还要小的铅灰色火药，就像沙漏表示时间一样，沙沙沙地流入乳白色的灯泡。随着从灯泡金属口流入的火药越来越多，灯泡慢慢变成了鼠灰色。此时我感觉就连拿灯泡的手也有些微微颤抖了。

终于装完火药了，鼠灰色沉甸甸的、有巨大威力的灯泡成功了。搬它时我屏息静气，心跳都感觉停滞了一般。要是自己不小心让它掉下来，那肯定就粉身碎骨了。不过，幸运的是，我终于小心翼翼地把它搬回了书房，并插上了刚才取下来的开关。为了保险起见，我还把火药罐打开盖子放在了台灯对面。这样，我的计划终于完成了。

出门一看，外面已经是漆黑一片了。我一边想象着近藤进被自己的计划炸死的情景，一边走在星光闪烁的路上。近藤进回家后，打开书房的门，想要拧开门口的开关，可灯没亮。他想都没想就走到屋子中央的台灯前去开台灯。于是万事皆休。灯泡被灯罩遮着，即便把灯泡换成炸弹，任何人也不会发现的。所以他肯定会被炸死。同时，也绝不会被人看出来是他杀的。这样的话，就能除掉近藤进，他的鼻子也就会永远从这个世界消失了，而我才能放心生活下去。怀着愉快的心情我回了家。

尽管如此，在看到报纸之前我心里还是惴惴不安，提心吊胆。因为一灯泡火药的威力到底有多大，对我来说是个未知数。不过，第二天的报纸并没有辜负我的期望。于是这件事被认定为过失之死而尘埃落定了。而我则永远身处安全地带。

爱伦·坡的小说中，有一个因忌恨别人眼睛而杀人的故事。而古往今来，还没有一个人因忌恨别人的鼻子就去杀人的吧！我为自己这罕见的动机及用恰当的方法成功杀人、除掉那鼻子而甚感得意。

这样犯罪太有意思了，我都担心再这样下去会不会杀了自己的姐姐呢？最近不知道为什么，我总觉得姐姐的手臂太白了，为了早点儿去除这个杂念，我一直尽量不看姐姐的手臂。

读完以后，由纪子感觉一阵眩晕，一下子跪在了地上，手中的本子也滑落在地，她赶紧用袖子盖住了那雪白的手臂。眼看着她的两颊慢慢失去了原来的血色，眼睛也渐渐模糊了起来。小弘的性格、举动和其他许许多多的事情一下子涌上了她的心头，可最后只感到恐惧，她全身战栗不已。

突然扩音器里传来了明快的曲子，同时从楼下也传来了吹口哨的声音。

"姐姐，姐姐！"

由纪子无法应答。

"咚咚咚……"

楼下传来了小弘轻快的脚步声。由纪子慌忙站了起来。

"欸？姐姐，你怎么在这儿呢？给比利吃药了吗？"

"刚刚上来拿到了！"

她好不容易才张口说道。

"哎呀，你脸色真难看！怎么了？"

小弘看起来很快乐，但这让由纪子感觉更加恐怖。

"因为我马上就要被你杀死了。"

"哈哈哈！"小弘看到由纪子脚下的"日记"后笑了。

"我看过了，是不是药效过头了。"

"欸？"

"可是……"

"那是我的药袋呀！"

"？……"

"这么说你可能不明白吧？它是一个空药袋子。我的病普通的药治不了。我用写那样的日记来代替吃药。也就是说它是我的保险阀。姐姐你不是也流着泪写日记吗？写出来的话，心病就会一下子痊愈吧。我也是同样啊！只要有这个药袋，我就不会杀人，也不会发疯。只是我觉得姐姐的手臂有点太白了。"

由纪子的脸颊泛起了红晕。小弘拿着比利的药，不顾还在发呆的姐姐，径直下楼去了。

卑怯な毒殺

　　在病房一角的病床上，躺着一位头发像柳树枝条般乱哄哄的男子，他苍白的脸从白色的被子里露了出来。他的下半部分脸，除嘴部露出一个孔外，其他部位全用厚厚的绷带包着。

　　在床的一侧，站着一位像干菜一样消瘦的男子。他那秃鹰一样的眼神，滴溜溜地转着，一直观察着病人的脸。在床头柜上放着的台灯的绿色灯光照射下，空气就好像果冻一样凝结了起来。医院里的秋夜，渐渐地浓起来了。

　　"扑哧"一声，站着的男人突然笑了起来："只要我从里面锁上门，那就谁也不会妨碍我了，我就能不慌不忙地按自己的计划行事了。你已经和鹰爪下的麻雀没什么区别了。我要静静地看着你在痛苦中死去。我曾经是多么焦急地期待着这个机会的到来啊！报仇这件事情，对不堪忍耐的人来说，永远是难以忍受的重负。可我像蛇一样，顽强地忍着，现在终于等来了令人无比喜悦的结局。”

说完，男子狠狠地冷笑了一声，那笑声就像魔鬼的笑声一样。

“你曾经想要毒杀我。”他声音有点儿颤抖地继续说道，“可是，不管幸运还是不幸，我没有喝那毒药。在准备喝之前我就发现那是毒药了，我因此得救了。不过，我没有把你交给警察。把你交给警察的话，就体会不到报仇的快感了。我要亲手杀了你。

“首先，我悄悄地请人分析了你给我的毒药，结果知道那种毒药名叫‘马钱子碱’。‘马钱子碱’可是剧毒啊！你把我的手脚向前推，就像青蛙游泳的姿势一样，让我痛苦不堪，并且还想杀掉我。

“对你狠毒的心，我无论如何也要制订计划来报复！首先，我练就了被‘马钱子碱’毒不死的体质。这是专门用来报复你的！也是用来嘲笑你的！为此，我花了大概一个月的时间。在这一个月时间里，我每天都吃一点点‘马钱子碱’，并且每天都加量，最后终于练就了即便吃了致命量的‘马钱子碱’，也不会死的体质。”

说完，他直盯着病人的脸。病人的脸就像一片口罩一样，一动不动地听着他的话。

“之后，我为了杀死你，就开始出门寻找你的踪迹。听说你遇难负伤住进了这间医院，今晚我才悄悄地来到医院看望你。我带来了两粒能致人死亡的‘马钱子碱’药丸。接下来，我想让咱们两人吃了这两粒药丸。因为光让你吃而我不吃这种做法太卑鄙了。不过，我并不想和你一块死。我想让你看看我不会因吃'马钱子碱'而死去，更想尽情地看着你在痛苦中死去。我想体味胜利的快感。不管怎么说，为了今天，我一个月时间都与世隔绝，痛苦地做着实验。"

说完，他从口袋里掏出一个小玻璃瓶来。他拿着它凑到病人眼前晃了晃，瓶子里面有两粒像佛舍利一样的药丸，发出了"叮叮当当"的响声。

"那么接下来，就让我们两个人一人吃一粒吧。"

说着，男人把那个小瓶子放了床头柜上。

刚才，病人只是左右转动着眼睛，这个时候发出了细微的声音。他的舌头不能自由转动，说出的话也听不清楚。

"你不用这么着急，我会吃那个毒药的，而且，我很高兴死在你的手上，因为被你杀死是我的初衷，我为我的行为——想要毒死你的做法，感到极其后悔。我也为此而痛苦不堪。你可知道，想要杀死你这件事和被你杀死比起来还要痛苦几十倍、几百倍！其实我的经历比你要痛苦得多。当然，我本打算成功毒杀你之后，马上自杀。可不知道什么原因，最终也未能如愿。现在被送到这个医院来，连自杀的能力也没有了。我没想到你还活着。我正疑惑不解，警察为什么不来呢？其实今晚在你来之前，我一直在考虑适合我的自杀方法。所以，在看到你的时候，我并没有吃惊，反而感到非常高兴。"

听了这话，站着的男子脸上浮现出了轻蔑和不解的神色，病人看到这些后继续说：

"你肯定觉得我在逞强，也可能对我这种想自杀但未自杀成功的结果而不解吧。不过，如果你知道我因何会进这家医院的话，你就不会对我所说的话生疑了。什么？你一点儿也不知道？你岂不是太粗心大意了。你为了毒杀我，提前制订了这么富有戏剧色彩的计划，却没调查清楚对方的现状，这真是很大的疏忽啊！幸亏我打算自杀，只是没能死成而已。要是我自杀成功的话，那你辛辛苦苦练就的本领岂不是就派不上用场了吗？

"我不想给你强烈的复仇心泼冷水，只想按顺序先说一下我想要自杀的理由。我打算成功毒杀你后，就用一个炸弹把自己的身体炸碎。可是炸弹爆炸的时候，虽然我的左脸、两只手和两只脚都被炸了下来，胸口也被炸开了一个大洞，但奇怪的是我却没有死。你难道不觉得人的生命在垂危的时候真是太顽强了吗？在我不省人事时，被人发现，送进了这家医院。人们都认为我是遇难负伤了，而我也只对一个医生说过我是企图自杀，并且请求他让我完成自杀这个愿望。可是那个医生却置之不理，想让我这没意义的生命残存下去。我现在靠自己的力量是怎么也死不了了。没有了双手，拿不了刀，也无法吃毒药；没有了双脚，无法从窗户跳下去；下颌缺了一半儿，又没有了门牙，也不能咬舌自尽。在这种可悲的状态下，连医生都讽刺我说，他会配好毒药放在我的枕头下的。所以现在毒药一直陪在我身边，这样多多少少也可以满足我想要自杀的欲望吧。那么现在你来帮帮我吧，从枕头底下把药瓶拿出来。谢谢！你看，竟然和你的瓶子一样，竟然也是同样大小的两个白色药丸！可这里面装的不是'马钱子碱'，而是毒性更强的'乌头碱'。不过，你可知道，尽管我的枕头下一直放着这种毒药，可我现在什么都做不了了。你有没有想过，没有两脚两手，只有半个下颚的人该怎样生活啊！你想这种人活着还有意义吗？没有的。所以，你来杀我，我一点儿也不感到害怕，相反心里非常高兴。能够被我差点儿毒死的你杀死，我感到无比幸福！"

病人停下来，看着对方。站着的男子双唇紧闭，像化石一样一动不动。

"不过，"病人接着说，"听了你刚才的话，我只有一件事感到不安，那就是你说你已经练就了能耐受'马钱子碱'的体魄。你的这种心理可怕死了。

"你知道我为什么要毒杀你吗？你抢了我订婚的女友，使我跌入不幸的深渊。可我并没有因此就杀了你。只是你和她结婚不久后，她得了肺病，你却像扔废纸一样抛弃了她，导致她委屈而死。对你所做的一切，我异常憎恨，所以我决定杀了你，然后自杀。本来，用毒药杀人这种做法只有柔弱的男人才会使用，可要杀死像你这么懦弱的男人，我觉得用锋利的短刀和代表男性的武器——手枪有些不值。

"哎呀，你别生气。现在就算不说你女人气，你不是也要毒死我吗？你为什么不像男人一样，用短刀或者手枪杀我呢？恐怕你没有那么大的勇气吧。为了维护男人的尊严，我一毒死你，立刻就用炸弹自杀，只不过没能遂愿，最终没能自杀成。可是你怎么样呢？虽然和我一起吃这个很管用的毒药，可最后得救的只有你自己啊。或许，不被医院的人发现的话，你就能幸运地想活多久就活多久吧！为什么你就不能像男人一样和我一起死呢？你的计划是多么富有女人气和戏剧性啊！我害怕你那女人一样的柔弱心肠，它就和那不可救药的毒妇心肠一样恶毒。不过，你这女性化的计划里同时也充满了破绽。你的这种计划，真的能够杀死我吗？"

站着的男子，呼吸越来越急促。

"你听着，我绝不反抗。即便是想反抗，我也绝对没有这种能力了。你想怎么样就怎么样吧！不过，你的计划肯定是不会成功的，不信你可以试试看。"

"你说什么？"站着的男子直盯着他，并且上前一步。

"嗯，相当威风啊。不过，你没拿短刀来是你最大的失误。不行的话，你叫护士来，让她借给你一把短刀。我之所以这样说，是因为这种毒药无论如何也杀不了我！你想知道理由吗？可我讨厌你那女里女气的性格，我是不会告诉你的。"

站着的男子极度愤怒，他咬牙切齿，挥舞双手，用床头柜上的水瓶给旁边的杯子里倒上水，接着又从小瓶里拿出一颗丸药，塞进病床上男子的嘴里，再给他灌了口水。

只听"咕咚"一声。

站着的男子一直盯着对方的脸看。

病人的眼角浮现出了微笑。

"你，你为什么不吃呢？你刚才的话不会是在撒谎吧？"

男子一声不吭地把剩下的一粒药丸放入嘴中，喝了一口刚才剩下的水，"咕咚"就咽下去了，之后的一段时间，两人都互相看着对方。屋内充满了痛苦的、沉默的气息。

过了五分钟！

床上男子的脸色毫无变化。突然，站着的男子踉踉跄跄地晃了起来。他身体开始颤抖的同时，脸上也出现了痛苦的神情。同时，两眼发光，面目狰狞。

"怎么了你？"

床上的病人叫道。

"刚才你不是说，你练就了吃致命量的'马钱子碱'也不会死的体质吗？原来你这话不是真的。你是不是打算和我一起死呢？你有这么好的心吗？要是那样，你应该早告诉我才对呀。我被炸弹的碎片炸破了胸口，结果连食道也破裂了。食道口和肚皮连在了一起，即使我用嘴吃东西，食物也只会从肚皮流出来的。我的嘴其实已经失去了它的作用。因此，现在我都是靠体外营养液维持生命的。你刚才给我喝的丸药和水都被包扎在腹部的绷带吸收了。或许你觉得我太卑鄙了，我没告诉你这件事，原谅我吧。你要是死了的话，对我来说好不容易出现的死亡机会就又消失了。在毒性发作之前，赶快掐住我的脖子杀死我吧！喂，你！"

　　站着的男子，此时"扑通"一下倒在了病床上。他一边痛苦地呻吟着，一边看着手里的小药瓶，想要说什么，可是却卡在了喉咙里没能说出来。病人挣扎着抬起头来，看着他。之后往床头柜的方向看去。他大声叫道：

　　"哎呀！你！你拿错毒药了。这两个药瓶瓶塞不一样。咱们两人吃的是我枕头下的'乌头碱'！这样一来，你就……哎，你还活着吗？你这卑鄙的男人终于要死了吗？可是我、我怎么办？我难道就一直这样活着吗……"

死体蝋燭

入夜以后，日益肆虐的狂风，就像饥饿的海兽一样，狂吠着从寺庙里的厨房、大殿的屋顶掠过。地动山摇的瓢泼大雨，就像夹带着沙砾一般，噼里啪啦地击打着门窗。墙板呀、柱子呀，全都像轻声低啜般咯吱咯吱作响。整个房屋就感觉悬在空中一样左右摇晃。

夏秋季的暴风雨来临的时候，室内的空气异常闷热，几乎让人无法呼吸。这种闷热使人本来就很紧张的神经绷得更紧，让人觉得这暴风雨更加可怕。所以，今年不满十五岁的小和尚法信，被天花板上掉下的蜘蛛网吓得魂飞魄散，哆哆嗦嗦蜷缩在墙角一动也不敢动，也就不足为奇了。

从隔壁传来老和尚的叫声，把法信吓得浑身一哆嗦，就像刚从噩梦里惊醒一样，他两眼痴呆，半天不知道应声。

"法信！"老和尚又一次大声喊道。

"哎、哎⋯⋯"

"麻烦你像平时一样,去大殿转一圈看看吧!"

听到这话,法信一惊,把身子蜷得更紧了。平常和老和尚两人住在一起是很愉快的,可是现在他心里却不免有些怨气:在这个可怕的暴风雨之夜,怎么能让我一个人去看门关好了没有呢?

"我说,师父!"

他终于鼓起勇气,出声说道。

"怎么啦?"

"只是今天晚上⋯⋯"

"哈哈哈!"

从隔壁传来了老和尚嘲笑的声音。

"你害怕了?好吧,那么我也一块儿去吧。你跟我来!"

法信就像被牵着鼻子一样,被迫进了老和尚的房间。

正在看书的老和尚,早已经收拾停当了。他点燃了提灯里的蜡烛,迈步向大殿的方向走去。年过五十的老和尚消瘦的脸庞,在微弱的烛光映照下,让人觉得像骷髅一样可怕。

进入大殿后,烛光摇曳,两个人的影子在天花板上不停地跳跃着。大殿里空气混浊,人走进来就像掉进了无底洞一样。法信的心里又不由升起一丝恐惧,他甚至觉得这次都难平安归去。

真人般大小的黑色如来佛像安坐正中,在老和尚挑着的烛灯里,显得更加庄严肃穆。老和尚在佛前念经时,周围金色的佛具上，各种形状的影子都在晃动。香炉、长明灯盘、烛台、花瓶、木刻的金色莲花以及佛坛、经桌、布施箱等金具，就像许多只不知名的昆虫一样在飞舞闪烁。在这些佛具之间，似乎隐藏着许多只巨大的蝙蝠似的怪物，它们一个个都伸展着疲惫的翅膀。看到这些，法信的两腿开始不由自主地哆嗦了起来。

念完经后，老和尚又开始挪动脚步。他好像也受到了这种可怕气氛的影响，往前挪动的脚步似乎比以前更快了一些。检查了一圈门锁后，老和尚脸色有些苍白，放心似的叹了一口气。

可是，之后老和尚又像想起了什么似的，转身又进入了让人毛骨悚然的大殿。他似乎想到如来佛像跟前去，但最后只是坐在了念经用的座位上。他把烛灯放在身边，然后说道：

"法信，快来拜佛！"

法信就像机器人一样就地跪下，和老和尚一起念了一会儿经。之后他抬起头来，看见如来佛慈悲为怀的容颜，在烛光下更显柔和。在暴风雨中这纹丝不动的佛祖让他觉得更为崇高伟大。不过这反而让法信更进一步陷入梦魇般无尽恐怖的世界里去了。

"这风真可怕呀！"

老和尚这句话，把法信吓了一大跳。

"我说，法信！"

稍事停顿后，老和尚扭转身子突然用非常严肃的口吻对法信说：

"今晚在佛祖前，我有件事得向你忏悔。我现在要向你坦白我所犯下的让世人震惊的罪过。幸好现在外面风雨交加，我不用担心被别人听见。你要竖起耳朵好好给我听着！"

老和尚眼睛发亮，提高嗓门接着说道：

"你或许认为我是一个德高望重的和尚，其实呢，我是一个不配在佛前打坐的、破了戒也不知悔改的、连畜生也不如的恶人。"

"啊？！"

听到这，法信大感意外，不由得叫出声来。他觉得全身的肌肉变得像化石一般僵硬，两眼直勾勾地盯着老和尚的脸。

"我呢，是一个杀过人的大坏蛋。真的，在你来这儿之前，有个叫良顺的小和尚受雇于此，我把他给杀了。"

"不会！不会！师父，这不是真的。请不要再说这可怕的话了。"

"不，这是真的，在佛前不打妄语。外面的人都知道良顺是因病而死的，其实是被我杀死的。这其中是有原因的，是有很深的原因的。这原因要说起来是很难启口的，可是我现在必须要告诉你。

"我当了四十年和尚，这四十年中我闻过无数烧毁尸体的气味。刚开始时觉得并不怎么好闻，可随着年龄的增长，却变得异常喜欢那种气味。到最后竟然发展到一天闻不到那种气味，我就觉得心如刀绞、火烧火燎、一刻也坐不住的地

276

步。这虽然非常荒唐，可是我也没有办法。烤鱼、烤牛肉等的气味我一点儿也不喜欢。这些气味是无法和鲜红刺眼的曼珠沙华花似的人肉燃烧出来的气味相媲美的。

"法信，你还记得之前我借给你的《雨月物语》里'兰帽子'的故事吗？就是那个有恋童癖的和尚，在他所喜欢的孩童死后，因悲伤过度，竟然吃掉了那个孩子身上所有的肉。而且从此开始迷恋人肉的味道，接二连三杀死村里人的那个故事。我就是那样成为人世间的恶魔的。因此到最后我也就杀死了良顺。

"我利用良顺生了一段时间病的机会，偷偷地给他下毒，滴水不漏地杀死了他。没有人怀疑他是我杀的，所以他死后和其他人一样举行了火葬仪式。不过在他被火葬之前，他身上的肉全被我割了下来。当然，这个事情别人也是不可能知道的。

"接着，你猜我把良顺的肉怎么样了？因为我已经厌烦了这样不停地杀人，我想尽可能长久闻到燃烧人肉的味道。于是我冥思苦想，终于想出了一个绝好的办法。没错，我就是想用他肉里的脂肪来做蜡烛。如果做成蜡烛的话，作为出家人，我就可以早晚在佛前点燃它，每天闻到它的气味了。这理所当然，谁也不会怀疑的。我也因此可以长期享受下去。按照这种想法，我便偷偷地开始亲手制作蜡烛。我往普通蜡烛里融入良顺的人油，制作出了许多我想要的蜡烛。

"每天上殿诵经的时候，我都会小心地点燃这种蜡烛，来满足我畜生般的欲望。即便不去大殿诵经的时候，我有时也不忘点燃这种蜡烛来享受一下。在佛的佑护下我就这样一直享受至今。想一想这还真是让人感到恐惧的事呢。

"可是，法信你也知道，我做的人油蜡烛数量终归有限。即使每天只用一根，一年下来也要用掉三百六十五根的。人油蜡烛越用越少，我内心也开始焦急起来。这两三天，我一直被一种难以言表的苦闷和不安所折磨着。再不想想办法就过不下去了。法信，你不知道，我发愁得连饭都吃不下去了。

"现在这儿燃着的，就是用良顺的人油做的最后一根蜡烛了。所以从刚才起我就坐立不安了。法信，我想让你做良顺的替代品！法信，我要杀了你！

"你要干什么？你现在想逃也晚了。这个暴风雨的夜晚，正是杀人的绝好时机，你不许哭，你就是哭，就是叫，也没人会听见的！你已经是被毒蛇盯上的青蛙，怎么跑也跑不掉啦。你干脆不要反抗了，就让我把你制成人油蜡烛，来满足我这奇怪的爱好吧！"

法信被老和尚紧紧抓住了胳膊，他太害怕了，连哭都哭不出来，就像一摊烂泥一下子瘫坐在地上。可一想到此刻性命攸关，为了抓住最后的一线生存希望，他最终还是哀求起老和尚来。

"师父，请你饶了我吧。我不想死。求求你，求求你，不要杀我！"

"嘿嘿嘿……"

老和尚像魔鬼一样笑着。此时，暴风雨中的大殿好像晃动得更厉害了。

"到了这时候，你再怎么求我，我也不会放过你的。你就死心吧！"

话音未落，老和尚便从腰间拔出一个亮闪闪的东西来。

"啊！师父，求你积积善德吧！千万不要用那把刀杀我，放过我吧！我真的不想死！"

听了这话，老和尚举起的手慢慢放了下来。

"你真的不想死吗？"

"是的。"

法信双手合掌向老和尚作揖道。

"那好吧，我就饶了你。不过，你必须听我的话。我说什么，你就必须要做什么。"

"行，我都听你的。"

"你肯定吗？"

"我肯定。"

"那么，你就帮我杀人吧！"

"啊！"

"不杀你的话，我就必须要杀另外一个人。你要帮我动手！"

"这、这种可怕的事真要我来做？"

"你不愿意干吗？"

"可是……"

"你要是不想干，那你就受死吧。"

"哎呀，师父！"

"怎么了？"

"好吧，任何事我都愿意替你做。"

"你真的愿意帮我吗？"

"是，是的。"

"好！那现在马上就动手！"

"什么？！"

"现在就动手杀人！"

"在哪儿？"

"就在这儿！"

"那要杀什么人呢？"

老和尚没有回答，只是满脸杀气，用左手指着如来佛像的方向。

"你的意思是让我杀如来佛祖吗？"

"不是！现在在佛像后面藏着一个趁着暴风雨来偷布施的小偷。他就是你的替身。你跟我来！"

说着老和尚便站了起来。可是还没等法信站起身来，眼前便出现了奇怪的一幕。

只见如来佛像后面，突然蹿出一个像大老鼠模样的黑黢黢的怪物来，把周围的东西碰倒一片，一溜烟地逃走了。法信愣了一下，才明白那是一个蒙面小偷。

"哎呀，师父！"

让人难以置信的是，那个时候的法信已经忘了恐惧，他大叫一声，就要去追那个小偷。可是老和尚却一把抓住了他，用他一贯的柔柔的口吻说道：

"放他走！已经逃走的就让他逃走吧！不过，法信，你要原谅我！刚才我所说的蜡烛一事，是我突发奇想编造出来的故事。刚才我在佛像后面看到有一个东西一闪而过，我知道那是趁着暴风雨来偷东西的。可是如果我不小心叫出声来的话，那个小偷就会做出意料不到的事情来。所以我考虑只有通过策略把他赶走才好。要是被他用刀挥舞着追杀的话，我们两个可能都会没命的。幸亏小偷将我的话信以为真，最后仓皇逃走了。你看，这只是一根普通的蜡烛。良顺也的确是因病而死的。其实今天晚上我一直在看《雨月物语》，刚才吓唬你的那个故事，就是受那本书启发的。"

说到这儿，老和尚举起右手拿着的那个亮闪闪的东西，继续说道：

"你所说的刀，其实是这把扇子。人在恐惧的时候，经常会把一些东西看错。那个小偷肯定也把这当成刀了……"

暴风雨依旧肆虐着。